무한살인

무한살인

무고안

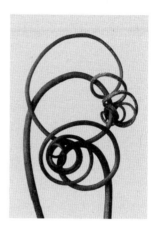

orror

An Infinite Murder

흰살생선

✦ 2022년 《이달의 장르소설 1》(고즈넉이엔티) 수록

〔 **1** 〕

6월 초, 이른 장마가 시작되던 날이었다.

현관문을 두드리는 소리에 나가보니 문 앞에 성주
가 서 있었다.

"저녁 안 먹었지?"

내리는 비를 그대로 맞으면서 성주는 다짜고짜 그
렇게 말했다. 머리칼은 파래처럼 이마에 철썩 달라붙
어 있고, 살점 있는 뺨으로 수염이 아무렇게나 자라
있었다. 반물색 티셔츠와 갈색 반바지는 오랫동안 빨
지 않았는지 썩은내가 났다.

"같이 저녁이나 할까 하고."

성주는 손에 들고 있던 검은 봉지를 내 쪽으로 내

흰살생선   **9**

밀었다. 아가리를 꽉 조여 맨 봉지는 묵직한 것이 들어 있는 듯 아래로 축 늘어져 있었다. 불투명해서 내용물을 알 수는 없었지만, 빗물이 새어 들어갔는지 봉지 표면으로 노르스름한 국물이 뚝뚝 떨어졌다.

"괜찮지?"

위로 치켜보는 듯한 눈으로 성주는 내 동의를 구했다. 나는 선뜻 대답하지 못했다. 그냥 봐도 성주의 상태가 심상치 않다는 것을 알 수 있었기 때문이다. 초점이 흐린 성주의 눈동자는 흙탕물에 서식하는 민물고기를 떠올리게 했다.

문득 공포감이 느껴져 몸을 물렸다.

"고마워."

내 행동을 다르게 해석했는지 성주는 기다렸다는 듯이 몸을 밀고 들어왔다.

성주는 얼룩덜룩한 발자국을 남기며 거실로 걸어갔다. 성주의 축축한 양말에서는 기름과 오물이 뒤섞인 듯한 역한 냄새가 났다. 나는 널어놓은 마른걸레로 성주의 발자국을 닦아냈다.

"이야, 집 좋은데?"

그러고 보니 성주가 집으로 찾아온 것은 이번이 처음이었다. 아버지가 돌아가신 후로 나는 이 집에서 쭉 혼자 살아왔다. 평소 목공에 관심이 많던 아버지는 지하에 작업실을 만들고 직접 집을 꾸미셨다. 현재 나는 그 작업실을 다른 용도로 사용하고 있다.

"이쪽이 부엌인가?"

제집인 양 행동하는 성주를 바라보면서 나는 암담한 심정에 사로잡혔다. 여자친구를 만나기 위해 막 준비하려던 참이었기 때문이다. 그게 아니더라도 성주의 행동은 어딘가 수상했다. 몇 년 만에 대뜸 찾아와선 구정물을 뚝뚝 떨어뜨리며 남의 집 싱크대를 아무렇게나 뒤졌다.

성주는 선반에서 커다란 스테인리스 냄비 하나를 꺼냈다. 아직 한 번도 사용해보지 않은 냄비였다.

"……뭐 하게?"

성주는 힐끗 뒤돌아보더니 볼살을 끌어올리며 씨익 웃었다. 오랫동안 닦지 않아 누레진 치아가 형광등 불빛에 비쳤다. 성주는 다시 앞을 보고 냄비를 이리저리 돌려가며 살펴봤다.

"비가 오잖아. 해물탕이나 해 먹을까 하고."

머릿속이 복잡했다.

나는 문득 성주가 가져온 검은 봉지를 떠올렸다. 시야를 미끄러뜨려 봉지를 찾았다. 봉지는 싱크대 위에 올려져 있었다. 힘없이 좌우로 납작해진 봉지에서 누런 물이 계속 배어 나왔다. 저 안에 든 건 뭘까. 해물탕이라고 했으니 해산물일까. 위생상으로 문제는 없는 걸까. 그렇게 생각하자 성주의 체취에서 비린내가 나는 것 같기도 했다.

"……도와줄까?"

"아니야, 됐어. 혼자 하면 돼."

실제로 도와줄 생각은 없었다. 요리에 취미도 없을뿐더러 저런 성주 옆에 나란히 서는 것도 싫었다. 단지 성주 혼자 부엌에 두기가 불안했다.

"금방 되니까 거실에서 쉬고 있어."

내 생각을 읽기라도 한 듯 성주가 말했다. 성주는 나라는 존재는 신경도 안 쓰인다는 듯이 막무가내로 냉장고 안을 뒤졌다. 내용물들을 하나하나 손으로 밀쳐내며 무언가를 찾았다. 휘파람을 불었다. 다른 손으로는 젖은 바지 안에 감춰진 질펀한 엉덩이를 북북 긁어댔다.

"오, 너 집에서 해 먹는 모양이네?"

"자주는 아니고 가끔."

여태까지는 줄곧 인스턴트 음식이나 배달 음식으로 때웠다. 하지만 여자친구가 생기고부터 집에서 해

12

먹는 날이 많았다. 여자친구는 내가 해준 음식을 좋아했다.

성주는 냉장고에서 팽이버섯, 표고버섯, 콩나물, 쑥갓, 고추, 마늘, 생강 등을 꺼냈다. 뭔가 빠졌다는 듯 주위를 둘러보더니 냉장고와 벽 사이에 처박아둔 대파 하나를 꺼냈다. 윗부분이 누렇게 말라 있었다.

물을 채운 냄비를 가스레인지 위에 올려둔 다음 성주는 재료들을 손질하기 시작했다. 칼질을 하면서 노래를 부르기도 하고 춤을 추기도 했다. 술이 올랐을 때 부르는 것처럼 음정과 박자가 하나도 맞지 않았다. 나는 천장에 붙은 커다란 바퀴벌레를 발견한 사람처럼 이러지도 저러지도 못한 채 그 뒷모습을 멀거니 지켜봤다.

성주는 능숙한 손놀림으로 재료들을 손질한 뒤 소쿠리에 꺼내 담았다. 양이 꽤 많았다.

"음, 무나 꽃게 같은 건 없어? 아니면 바지락도 괜찮은데. 풍미가 달라지거든."

바지락은 없지만 무와 게라면 있었다. 며칠 전 여자친구에게 꽃게탕을 해주기 위해 사두었었다. 말을 해주자 성주는 큼지막한 손을 짝 마주치며 연극 같은 소리를 냈다.

성주는 적당한 크기로 무를 썰고 게 다리를 툭툭 떼어내어 냄비 물에 담갔다. 육수를 우려낼 동안 해산물을 손질하려고 하는지 검은 봉지를 자기 앞으로 당겼다. 그대로 봉지 아가리를 벌리려는 순간, 성주는 퍼뜩 생각났다는 듯이 뒤를 돌아봤다.

"거실에서 기다릴래? 금방 되니까."

유난히 도드라져 보이는 성주의 붉은 홍채가 마치 살아 있는 생물처럼 꿈틀거렸다. 그 눈을 보고 다른 말은 할 수 없었다. 나는 거실 바닥에 정좌를 하고 앉아 부엌에서 울리는 칼질 소리를 들으며 성주가 얼른 이 집에서 나가주기만을 바랐다.

얼마쯤 지났을까. 아주 잠깐 맛있는 냄새가 났다. 앉은 자세로 상체만 움직여 쳐다보자 성주가 막 냄비 뚜껑을 닫으려던 참이었다. 이 냄새는 설마 저 냄비 안에서 나온 걸까. 더러운 성주의 행색과는 어울리지 않는 냄새였다.

"앗, 내 정신 좀 봐라."

성주가 돌아보려고 해서 나는 재빨리 자세를 바로 했다.

"혹시 밥은 있어?"

"밥솥에 조금."

"이제 거의 다 된 것 같은데. 밥 좀 퍼줄래?"

"……어, 그러지."

오후에 한 밥이어서 아직 생글하니 윤기가 감돌았다. 넓적한 밥그릇에 밥을 푸면서 나는 슬쩍 싱크대 위를 살폈다. 그러나 내 위치에서는 뚱뚱한 성주의 몸에 가려 보이지 않았다.

"아, 상을 펴야 되는데."

밥을 푸고 보니 생각이 났다. 식탁은 이인용인데다 벽에 바짝 붙여놓아서 공간이 좁았다. 다른 사람이라면 몰라도 성주가 앉기에는 무리가 있었다. 더군다나 이런 공간에서 성주와 마주 보며 밥을 먹고 싶진 않았다.

"뭐, 상관없지. 깔개는 있지?"

나는 베란다에 처박아둔 밥상을 가져와 거실에 놓았다. 상 가운데 깔개를 얹자 성주가 냄비 손잡이를 행주로 감싸 쥐고 나왔다. 성주는 내 맞은편에 엉덩이를 깔고 앉았다.

"자, 먹을까?"

뚜껑을 열자 뜨거운 김이 한꺼번에 얼굴을 덮쳐왔다. 그 김에서 정말이지 참을 수 없이 진진한 냄새가 났다. 좀 전에 맡았던 그 냄새였다.

"맛이 어떨지 모르겠네."

성주는 그렇게 말하며 국자로 탕을 휘저었다. 잘 익은 무와 팽이버섯이 꿈틀거리며 식욕을 자극했다. 적당히 붉은 빛이 도는 국물에 굴, 새우, 생선이 옹기종기 모여 있었다. 대파와 표고버섯, 쑥갓이 그것을 감싸는 형태로 냄비 테두리를 가득 채웠다.

"한번 먹어봐."

말이 떨어지기 무섭게 나는 숟가락을 들었다. 이미 머릿속에 자리 잡고 있던 불안감은 사라진 뒤였다. 그만큼 성주가 만든 해물탕은 나를 매료시켰다.

나는 숟가락을 헹궈내듯 탕을 휘휘 저은 뒤에 조심히 한입 떴다. 뜨거운 국물이 식도를 타고 흘러가는 모습이 바로 눈 앞에 보이는 듯했다. 나는 성주의 얼굴을 쳐다보고 다시 한번 떠먹었다. 이번에는 잘 익은 무를 살짝 도려내어 국물과 함께 먹어봤다. 그리고 경악했다.

맛있었다.

미치도록 맛있었다.

어느새 나는 여자친구와의 약속도 까맣게 잊은 채 정신없이 해물탕을 탐하고 있었다. 가져온 국자와 앞접시에는 손도 대지 않은 채 열심히 수저를 움직였다.

수저를 멈출 수가 없었다.

국물과 함께 잘 익은 팽이버섯을 떴다. 팽이버섯이 어금니 사이로 씹히며 뽀드득 소리를 냈다. 동시에 칼칼한 육수가 터져 나오면서 입안을 향긋하게 채웠다. 나는 수저를 내려놓고 젓가락으로 바꿔 들었다. 살이 통통하게 오른 굴을 집어 입에 넣었다. 눈물이 핑 돌 정도로 뜨거운 것이 혀와 입천장 사이를 정신없이 굴러다녔다.

맛있었다.

"잘 먹네."

성주는 흡족한 얼굴로 나를 바라봤다. 그제야 나 혼자 먹고 있었다는 사실을 깨달았다.

"너는 안 먹어?"

괜히 민망한 기분이 들어 묻자 성주는 씨익 웃으며 느릿하게 젓가락을 들었다. 성주는 젓가락으로 냄비 바닥을 크게 휘젓더니 생선 토막을 건져 올렸다. 유난히 살이 하얀 생선이었다. 성주는 그것을 젓가락으로 능숙하게 해체하더니 두툼하게 살을 잘라 입에 넣었다. 그러고는 되새김질하듯 귀밑을 옴직옴직하며 오랫동안 맛을 음미했다. 마치 목구멍으로 밀어 넣기 아쉽다는 듯한 모습이었다.

"진짜는 이거야."

생선을 꿀꺽 삼키며 성주가 말했다. 만족스럽다는
듯 입꼬리가 실룩실룩 올라갔다.

그 모습을 보고 있자니 다시 군침이 돌았다. 나는
성주가 살점을 파낸 부분을 조금 도려내어 입에 넣었
다. 부드러운 살이 입안에서 순식간에 으스러졌다. 그
부드러움은 씹으면 씹을수록 담백함으로 변했다. 국물
과 기름기가 한데 섞여 깊은 맛이 우러났다. 문득 소
주 한 잔이 생각났다.

"맛있군. 정말 맛있어."

진심으로 그런 말이 나왔다. 성주는 싱글싱글 웃으
며 바닥에 가라앉은 것들을 수시로 건져 올렸다.

냄비 바닥이 보일 때까지 우리는 한마디도 하지 않
았다. 평소 해물탕을 즐겨 먹지 않는 나로서는 놀라운
식탐이었다. 맛이 있다고 해도 입이 짧아서 과식은 하
지 않는 편인데, 지금은 여전히 배가 고픈 기분이었다.
목구멍에 넘기고 나면 곧바로 여운이 남아 입술을 핥
았다.

더 이상 건져 먹을 것이 없을 때가 돼서야 숟가락
을 놓았다. 나는 두 손을 등 뒤로 기댄 채 혀로 이를
핥았다. 남아 있는 국물의 끝맛이 느껴지자 못내 아쉬

운 기분이 들었다.

"귀한 생선이야. 운 좋은 줄 알라고."

"정말 그런 것 같네. 비린 맛이 하나도 안 나. 무슨 생선인데?"

내 물음에 성주는 대답 대신 누런 이를 보이며 웃었다. 잠시 후 성주가 들려준 말은 내 질문과는 전혀 동떨어진 이야기였다.

"내가 아는 녀석 중에 운이 지지리도 없는 놈이 하나 있어."

"누구?"

성주의 친구라면 분명 나도 아는 녀석일 것이다. 대학에 진학하기 전까지 성주에게는 친구가 없었다.

성주는 천천히 고개를 흔들었다.

"너는 몰라."

"대학 친구 아니야? 사회에서 만난 사람?"

"그 녀석에게 안 좋은 사건이 두 가지 생겼지."

성주는 내 말을 가볍게 무시하고 이야기를 계속했다.

"첫 번째 사건은 이 녀석이 베지테리언이 돼버렸다는 거야. 베지테리언, 알아?"

"채식주의자 아닌가?"

"맞아. 근데 이 녀석은 처음부터 베지테리언이었던

건 아니야. 다른 사람들처럼 어떠한 계기가 있어서 그 렇게 된 거지."

"베지테리언이라면 이 해물탕도 못 먹겠군."

"그 녀석이 왜 베지테리언이 되었냐 하면……."

성주는 이제 부스러기만 남은 냄비 바닥을 수저로 긁어냈다.

"고기를 먹으면, 그 먹은 짐승의 말소리가 들린다 는 거야. 그게 아주 괴로웠대."

성주의 말을 바로 이해하지 못했다. 내 얼굴에 의 아함이 떠올랐는지 성주는 작게 웃으며 설명을 덧붙 였다.

"하루는 녀석이 소고기를 먹었어. 회식 날이었지. 소고기를 싫어하는 사람은 없잖아? 녀석은 맥주도 마다하고 정신없이 고기만 집어 먹었어. 맥주를 마시 면 배가 부를 테니까 말이야. 익은 놈 안 익은 놈 가 릴 것 없이 마구잡이로 입에 쑤셔 넣었지. 그도 그럴 것이 그 집이 1등급 한우만 취급하는 곳이었거든. 회 식이 끝나고 녀석은 빵빵해진 배를 기분 좋게 두드리 며 집으로 향했어. 아내는 벌써 자고 있었지. 깨지 않 게 조심히 그 옆에 누우려는데 갑자기 잡아 찢는 듯 한 비명 소리가 들리더래. 정말이지 무지막지한 비명이었지. 깜짝 놀라 아내를 쳐다봤는데 아내는 세상모르게 자고 있는 거야. 잘못 들은 건가 싶어서 몸을 누이려는데 다시 들렸어. 고통스럽다는 듯이 울부짖는 소리가."

"······ 그래서?"

"결국 꼴딱 밤을 새우고 말았지. 처음에는 녀석도 스트레스 탓에 환청이 들리는 거라고 생각했어. 그때쯤 이것저것 신경 쓸 일이 많았으니까. 근데 문제는 그다음에 일어났어. 기분전환이라도 할 겸 아내와 집 앞 고깃집에서 삼겹살을 먹고 나온 날이었지. 배도 부르겠다, 녀석은 집에 오자마자 곧바로 잠이 들었어. 한시간쯤 잤나? 귓전에서 어떤 목소리가 들리더래."

"무슨 소리?"

성주는 수저 뒤에 묻은 국물을 혀로 핥으며 말했다.

"뜨거워, 라고 하는 것 같더라는군. 깜짝 놀라 눈을 떴는데 주위는 고요했어. 아내도 자고 있고 말이지. 온몸이 땀에 젖을 정도로 선명한 목소리였는데. 아무튼 녀석은 얼음물이라도 한잔할 생각으로 부엌에 갔어. 어둑한 부엌에서 물을 벌컥벌컥 마시는데 또다시 말소리가 들리더라는 거야. 뭐랄까, 목구멍에 생선 가시가 박힌 채로 수십 년을 살아온 듯한 소리랄까. 걸걸하고

흰살생선 **21**

갈라지는, 아주 듣기 싫은 목소리였대. 부엌엔 녀석 혼자 밖에 없었는데 말이야. 부엌 구석구석을 돌아봤는데 아무도 없었어. 그때 와인 진열대에 뭔가가 비친 것 같더래. 녀석은 천천히 다가가 봤지."

성주가 입을 다물자 갑자기 빗소리가 크게 들렸다. 어쩐지 으스스한 기분이 들어 뒤를 쳐다보니 빗방울이 창문에 부딪히며 손바닥으로 때리는 듯한 소리를 냈다.

성주는 이야기를 계속했다.

"진열대 유리로 어둑한 부엌 풍경이 비쳤어. 그 가운데 뭔가 희끄무레한 형상이 있었지. 분명히 그곳에 있었어. 녀석이 다가갈수록 그 형상도 점점 몸집을 불렸지. 진열대 앞에 선 순간, 녀석은 깜짝 놀라 뒤로 물러났어. 진열대 유리에 자기 자신이 비치고 있던 거야."

"하핫, 성주야, 그건 당연한 거 아니야? 사람은 누구나 유리에 비친다고."

"그렇지. 근데 놀란 건 그 때문이 아니야. 그 소리가, 뜨겁다며 비명을 질러대는 그 목소리가, 바로 그 녀석 목에서 들려왔기 때문이야."

"뭐?"

"귀를 기울이지 않아도 들렸어. 뜨거워, 살려줘, 날 좀 꺼내줘. 아주 선명하게 들렸지. 자기 목구멍을 타고 올라와 귀로 들렸으니 얼마나 생생했겠어?"

"그, 그럴 리가 없잖아. 그건 분명 착각……."

"그때 녀석은 깨달았지. 그 목소리가 ⌐날 먹은 돼지고기의 목소리라는 걸."

좁은 거실에 한순간 정적이 흘렀다.

조금씩 빗소리가 다시 들리기 시작할 즈음, 성주는 갑자기 커다란 손을 앞으로 내밀었다.

"잠깐만. 전화가 왔군."

그렇게 말하며 주머니에서 낡은 기종의 핸드폰을 꺼냈다.

"응, 그래. 음, 음. 안 그래도 지금 다 먹었어. 이제 들어가야지. 음, 그래. 얼마나 맛있게 먹던지 내가 다 기분이 좋더라니까. 응? 아니야. 정말 내가 만들었어."

아주 친한 사이인지 성주의 말투가 조금 바뀌었다. 필요 이상으로 큰 소리를 내는 것도 이상했다. 상대방 목소리는 이쪽에서 들리지 않았다. 내가 옆에서 듣고 있거나 말거나, 성주는 상대가 눈 앞에 있기라도 하듯 손짓 발짓을 섞어가며 통화를 했다.

"그래, 그래. 그렇다니까. 하하핫, 그건 아니고. 응,

그래. 금방 들어갈게. 응, 응."

통화를 마치고 성주는 웃음기가 남은 얼굴로 나를
바라봤다.

"내가 요리를 해줬다니까 아내가 안 믿는군."

순간 내 사고는 정지됐다.

"어서 와서 자기도 만들어달라네. 얼른 가봐야겠
는데."

"가, 가봐야지 그럼."

"이거 미안해서 어쩌지. 설거지는 너 혼자 좀 해야
할 것 같다."

"신경 쓸 것 없어. 나야말로 얻어먹기만 해서 미안
했는데."

성주는 잇몸을 드러내며 웃더니 천천히 몸을 일으
켰다.

"그럼 뒷정리는 좀 부탁할게."

우산을 권할 새도 없이 성주는 현관문 밖으로 저
벅저벅 걸어 나갔다. 얼마쯤 걸어가다 비에 젖은 얼굴
로 휙 돌아봤다. 그러고는 다시 한번 웃었다.

성주의 커다란 몸이 어둠 저편으로 완전히 사라질
때까지 나는 현관문 앞에 서 있었다.

거실로 돌아온 나는 이제 부스러기만 남은 냄비를

내려다봤다.

미쳤다.

단단히 미쳤다.

성주는 지금 단단히 미쳐 있다.

성주의 아내 슬기는 3년 전에 실종되었다.

〔 **2** 〕

    성주와 나, 그리고 슬기는 대학 시절 같은 과 동창
이었다.

    슬기는 흔해 빠진 보통 여학생들과는 달랐다. 고결
하고 품위 있는 외양 안에 상냥하고 부드러운 내면을
감추고 있는 여성이었다. 고급 켄트지처럼 반질반질 빛
이 나는 얼굴과 늘 생각에 잠겨 있는 눈동자, 나긋하
고 친절한 말투까지, 슬기가 지닌 하나하나는 뭇 남성
에게 말도 안 되는 동경의 대상으로 취급되었다.

    물론 나도 슬기에게 빠진 남자 중 하나였다. 당시
나는 슬기를 짝사랑하고 있었다. 풍경의 일부처럼 늘
주변을 맴돌며 한 번이라도 나를 봐줬으면 하고 바랐

다. 그러다 정작 눈이라도 마주치면, 내 안의 아주 연약한 부분이 들킨 것 같아 얼른 시선을 피하곤 했었다.

분명 슬기도 내 마음을 알고 있었으리라. 그러나 나는 그때 슬기가 보내는 미세한 신호를 미처 알아차리지 못했다.

중간고사가 끝나갈 무렵, 성주가 학교 앞 카페로 나를 불렀다.

"나 슬기랑 사귀기로 했다."

주문한 음료가 나오기도 전에 성주가 말했다. 내뱉는 말투였지만 얼굴은 히죽히죽 웃고 있었다.

"너한테 맨 먼저 말해줘야 할 것 같아서."

그때 나는 성주의 말을 믿지 않았다. 장난이거나 망상이 심하겠거니 생각했다. 그도 그럴 것이 그 시절부터 성주의 머리숱은 듬성듬성 빠져나가고 있었다. 얼굴은 심한 곰보에다 말을 할 때마다 풍기는 입 냄새는 교수가 직접 언급할 정도로 심했다.

물론 슬기가 외모로 사람을 판단하는 돼먹지 못한 아이가 아니란 건 알고 있었다. 그렇다고 해도 어째서 성주와…….

나는 둘 사이에 모종의 거래가 있었을 거라고 결론 지었다.

그것은 혼자만의 생각이 아니었다. 두 사람이 본격적으로 손을 잡고 다닐 때부터 학부 내에서는 여러 소문이 돌기 시작했다.

"부모끼리 아는 사이였나 봐. 어렸을 적부터 결혼을 시키기로 약속했대."

"슬기 집에 어마어마한 빚이 있었다던데? 그걸 성주의 집에서 갚아줬대."

"언젠가 성주가 동영상을 보여준 적이 있어. 발가벗은 여자가 나오는 건데, 지금 생각해보니 그게 슬기가 아니었나 싶다. 그걸로 협박을 한 거야, 성주 녀석."

나는 소문을 믿지 않았다. 하나같이 근거 없는 이야기라고 생각했다. 성주의 부모님은 성주가 세 살 때 교통사고로 돌아가셨다. 그 뒤로 성주는 고등학교 때까지 쭉 이모 집에서 자랐다. 슬기가 성주 앞에서 옷을 벗을 이유도 없다. 나는 소문을 퍼뜨린 놈을 은밀히 불러내 흠씬 두들겨 패주었다. 그렇게 해도 가슴 한편에 끈적하게 들러붙은 불안감은 쉬이 사라질 줄을 몰랐다.

매미 소리가 더위를 어지럽히던 8월의 어느 날, 슬기가 우리 집을 찾아왔다.

"성주에게는 비밀로 해줘."

그렇게 말하며 슬기는 다짜고짜 신발을 벗었다.

내 방 침대에 걸터앉은 슬기는 입술을 꼭 다문 채 한동안 말이 없었다. 나는 어쩔 줄 모를 마음으로 슬기의 하얗고 긴 목덜미를 내려다봤다.

오랜 침묵이 흐른 후에 슬기는 조용히 말했다.

"나, 성주에게 맞은 적이 있어."

그러더니 대뜸 티셔츠 소맷자락을 둘둘 말아 올렸다. 매끈한 팔뚝 가장자리에 시퍼런 멍이 자리 잡고 있었다. 내가 넋을 잃고 바라보자 슬기는 부끄럽다는 듯이 몸을 틀었다.

"가끔 그래. 아주 가끔."

그리고 고개를 숙인 채 입을 다물었다.

나는 상황을 파악하려고 애썼다. 무슨 말을 해야 할지, 어떻게 대처해야 할지, 그때의 나는 알지 못했다. 그저 가슴에 모래 알갱이가 들어차는 듯한 감각을 느끼며 멍청하게 서 있을 뿐이었다.

슬기는 몇 분쯤 그렇게 앉아 있다가 훌쩍 방을 떠났다.

그 뒤로 사흘에 한 번씩 슬기는 집으로 찾아왔다. 슬기의 방문이 계속될 때마다 내 마음은 무거워졌다. 당장 성주를 찾아가 따지고 싶었다. 슬기를 괴롭히지 말라고 말해주고 싶었다. 하지만 그러지 못했다. 슬기가 비밀로 해달라고 했기 때문에. 이 비밀을 깨트리면 우리 둘 사이가 멀어질 것 같았기 때문에. 이렇게라도 슬기를 가까이서 보고 싶었기 때문에.

여름이 지나갔다. 새 학기가 시작되고 얼마 되지 않았을 무렵 두 사람은 식을 올렸다. 그 뒤로 슬기는 내 방을 찾아오지 않았다.

다음 해 졸업한 뒤로 나는 성주를 보지 못했다. 먼저 연락을 하지도 않았고 연락이 오는 일도 없었다. 간혹 동창들로부터 둘의 소식을 듣기는 했다. 둘 사이에 아직 애가 없다는 것. 술에 취한 성주가 슬기에게 손찌검을 했다는 것. 다음 날 울고불고 용서를 빌지만 얼마 지나지 않아 다시 손을 댄다는 것. 그런 소문이 들릴 때마다 내 가슴은 젖은 모래로 가득 찼다.

몇 달 후 아버지가 돌아가셨다. 짐을 정리하던 중에 슬기가 사라졌다는 소식을 들었다. 경찰은 남편인 성주를 의심했다. 그러나 이렇다 할 혐의점을 찾지 못한 채 어영부영 시간만 흘러갔다. 사건은 결국 단순 가출로 종결되었다.

〔 **3** 〕

　성주는 이틀 뒤에 다시 찾아왔다.

　"저녁이나 같이 먹을까 하고."

　성주는 이틀 전과 똑같은 모습으로 검은 봉지를 손
에 쥐고 있었다.

　미쳤다. 제정신이 아니다. 집에 들여선 안 된다. 그
렇게 생각했다. 그러나 정신을 차리고 보니 어느새 나
는 몸을 물려 자리를 비켜주고 있었다. 공포심 때문이
었을까. 아니면 전에 맛보았던 음식 맛 때문이었을까.
스스로도 알 수 없었다.

　"오늘은 회야. 괜찮지?"

　성주는 자연스럽게 부엌으로 들어가 싱크대 선반

을 뒤졌다. 나는 걸레로 발자국을 닦으면서 검은 봉지로 시선을 주었다. 전과 마찬가지로 검은 봉지는 힘없이 축 늘어져 싱크대에 붙어 있었다. 그냥 보기에는 내용물이 많지 않아 보이는데 어디서 그렇게 많은 생선이 나온 걸까.

그때 성주의 얼굴이 홱 돌아봤다. 갑자기 돌아보는 바람에 미처 시선을 피하지 못했다. 성주는 천천히 내 시선을 더듬어보더니 한순간 눈을 치켜떴다.

"금방 손질해서 나갈 테니까 부엌엔 들어오지 마. 간장이랑 고추냉이는 있지?"

무른 감자를 주먹으로 천천히 으깨는 듯한 말투였다.

나는 간장과 고추냉이의 위치를 알려주고 상을 들고 나왔다. 그리고 성주의 시선이 닿지 않는 곳으로 가 앉았다.

성주는 대체 왜 이러는 걸까. 왜 나를 찾아오는 걸까. 왜 매번 생선 요리를 해주려는 걸까.

모르겠다. 알 수 없다. 생각하면 할수록 형상을 알 수 없는 무언가가 서서히 나를 옥죄어 오는 기분이다.

일단은 성주의 행동에 맞춰주도록 하자. 녀석의 말에 호응해주도록 하자. 녀석은 지금 제정신이 아니니까. 무슨 짓을 할지 모르니까.

그게 내가 내린 결론이었다.

잠시 후 성주가 넓은 접시를 들고 나왔다.

"와."

처음에는 일부러 소리를 내려고 했다. 하지만 접시 위에 담긴 내용물을 보자 생각보다 먼저 탄성이 터져 나왔다.

접시 위에는 어마어마한 양의 회가 올려져 있었다. 얇게 썬 무채를 바닥에 깔고 그 위에 흰살생선이 둥그렇게 펼쳐져 있었다. 접시 가장자리는 채소로 장식했고, 그 아래 연꽃 모양으로 다듬은 고추냉이가 함께 곁들어져 있었다. 도저히 집에서 차렸다고 볼 수 없는 호화로운 자태였다. 아마 횟집에서 보았다면 주머니 사정을 걱정해야 했으리라.

"네가 한 거야?"

나는 연꽃 모양의 고추냉이를 가리키며 말했다. 성주는 흡족한 듯 고개를 끄덕였다.

"언제 배운 거야, 이런 건."

"배우긴 뭘. 그냥 아내가 하는 걸 옆에서 보고 따라 해봤어."

그 말에 내 마음은 다시 무거워졌지만 내색하지 않고 겨우 웃는 표정을 만들었다.

나는 접시 위에 함께 올려둔 간장 그릇을 내 앞으로 가져왔다. 형광등 불빛을 받은 흰살생선이 반짝반짝 빛을 내며 식욕을 자극했다. 저절로 침이 고였다.

"어서 먹어봐."

나는 생선회로 젓가락을 뻗었다. 흰살생선을 고추냉이를 푼 간장에 살짝 담갔다가 입에 넣었다. 곧바로 두툼한 질감이 치아 사이사이로 느껴졌다. 씹으면 씹을수록 안에 가득 들어찬 기름기가 혀에 스며들며 감칠맛을 더했다. 알싸한 고추냉이 향이 뒷맛을 잡아주면서 입안에 퍼졌다.

나는 몇 번 씹기도 전에 꿀꺽하고 삼켜버렸다.

"음, 맛있어. 이거, 정말 맛있는데?"

정말이지 가슴에서 우러나온 감상이었다. 성주는 손가락으로 콧구멍을 후비며 헤헤 웃었다.

맛을 본 뒤에는 정신을 차리지 못했다. 나는 회를 두 점씩 집어 입에 넣었다.

"음, 무슨 생선이지? 도미인가? 광어는 아닌 것 같고. 음, 비린내가 전혀 안 나."

성주는 고추냉이를 듬뿍 집어 회에 올린 다음 간장에 살짝 찍어서 먹었다.

"전에 말했었지? 베지테리언 친구 말이야."

34

아직 채 씹히지 않은 덩어리를 목구멍으로 밀어 넣으며 성주가 말했다.

"베지테리언?"

"왜, 있잖아. 자기가 먹은 짐승의 목소리가 들린다고 했던."

"아아…… . 들은 것도 같네."

나는 무채에 회를 둘둘 말면서 관심 없는 척 말했다.

"그 녀석에게 안 좋은 사건이 두 가지 있었다고 했지. 전에 하나를 말해줬으니 오늘 나머지 하나를 말해 줘야겠군."

성주는 생선 덩어리를 입속에 넣으며 이야기를 시작했다.

"그 일이 있고부터 녀석은 완전히 패닉에 빠졌어. 안 그렇겠어? 다시 그 목소리를 들을까 봐 고기는 입에도 대지 못했지. 아니, 고기는 차치하고 어떤 음식도 먹지 못했어. 먹으면 곧바로 구토감이 일었거든. 불과 한 달 만에 녀석은 10킬로그램이 넘게 빠져버렸지."

"병원에는 가본 거야? 아내가 있었다고 하지 않았나?"

나는 두툼한 생선회를 어금니로 오물오물 씹으며 물었다.

"그게…… ."

성주는 대답하기 망설여진다는 듯 자세를 고쳐 앉았다.

"마침 그맘때쯤 아내의 몸에도 문제가 생기기 시작했거든."

"아내도?"

"그래. 뭐랄까, 녀석의 상태와는 다른……, 그러니까……."

"뭔데 그래?"

성주는 손톱에 난 거스러미를 앞니로 툭 잡아뜯었다.

"아내의 손에 물갈퀴가 생긴 거야."

"물갈퀴라니? 혹시……. 풉, 푸하핫."

순간 나도 모르게 웃음이 터져 나왔다.

"아니, 성주야. 아무리 그래도 물갈퀴는 좀……. 푸하하핫."

나는 입속의 내용물이 튀지 않게 조심하며 한바탕 웃어젖혔다. 도중에 사레가 들려 기침을 토하기도 했지만 웃음은 멈추지 않았다.

잠시 후 고개를 들었을 때, 성주는 표정이랄 게 없는 얼굴로 나를 쳐다보고 있었다.

"내 말, 안 믿는 거야?"

"아니, 그러니까 나는……."

말을 얼버무리면서 나는 괜히 회를 한 점 집어 간장에 담갔다.

"믿지 않는다기보단 너무 황당해서. 그렇잖아. 물갈퀴가 있다는 사람, 들어본 적 없는걸."

"그래. 그렇겠지. 근데 시 실이야."

성주는 진지한 얼굴로 이야기를 이어갔다.

"분명 물갈퀴가 났어. 손가락 마디 사이사이로 투명한 비늘 같은 것이 돋아났지. 녀석도 처음에는 믿지 않았어. 아내가 웬일로 장난을 치나 싶었대. 근데 하루가 지나고 이틀이 지나도록 그게 없어지지 않는 거야. 그제야 뭔가 잘못됐다는 걸 깨달은 녀석은 아내를 데리고 병원에 가려고 했지. 그때쯤엔 아내는 이미 일어설 기력도 없었거든. 근데 무슨 일 때문인지 아내는 병원 대신 욕실로 데려가달라고 그랬어. 그 목소리가 너무 간절해서 녀석은 하는 수 없이 아내를 욕실로 데려갔지. 아내의 말대로 욕조에 찬물을 받고 그 안에 아내를 눕혔어. 열이 높아서 그런가 했지. 그런데 놀라운 일이 일어났어. 욕조에 몸을 담근 지 얼마 지나지 않아 아내가 무슨 일 있었냐는 듯 평온한 얼굴을 한 거야. 우리가 따뜻한 방바닥에 몸을 눕혔을 때처럼 말이야."

성주는 왜 이런 말도 안 되는 이야기를 들려주려는 걸까. 나는 점점 더 알 수 없었다.

"녀석의 아내는 한동안 그러고 있었어. 아무리 여름이라지만 그 차가운 물에 몇 시간씩 있을 사람이 어디 있나. 녀석은 결국 아내를 욕조에서 꺼내려고 했지. 그런데 그러지 못했어. 감싸 쥔 아내의 어깨로 오돌토돌한 비늘이 돋아나 있었거든."

"비늘?"

"그래, 비늘. 생선 껍질처럼 말이야. 녀석이 질겁하고 물러서자 아내가 나직한 목소리로 말했대. 자신을 바다로 데려가달라고."

"바다……."

"그래. 녀석의 아내는 인간이 아닌 다른 존재가 되어가는 중이었어. 엇, 잠깐만."

성주는 몸을 일으켜 부엌으로 가더니 남은 회를 전부 가져와 접시에 부었다. 나 혼자 생선의 반을 먹어 치운 것이다.

"이게 마지막이야."

"어, 고맙다."

나는 갓 내온 흰살생선을 한 점 베어 물었다. 쫀득쫀득 찰진 식감이 씹는 맛을 더했다. 삼키고 나면 곧

바로 여운이 남아 입속을 훑어야 했다.

"계속 이야기하지. 녀석은 일단 시간을 두고 지켜보자고 생각했어. 그도 그럴 것이 아내는 완전히 나은 것처럼 보였거든. 아니, 전보다 훨씬 활기차 보였어. 몸에 비늘이 난 것을 제외하면 말이야. 근데 물 밖으로 내놓으면 아내는 금방 시름시름 앓아버려. 물속에 들어가면 다시 생기가 돌고. 미칠 노릇이었지. 정말 물고기라도 된 것 같았대."

성주는 장식으로 올린 풀잎을 입에 넣어 질겅질겅 씹었다.

"며칠, 아니 몇 주 동안이나 아내는 욕조에서 지냈지. 음식이라고는 푹 삶은 미음만 먹었어. 그마저도 토하기 일쑤였지. 녀석과 마찬가지로 아내도 먹는 걸 모조리 거부하는 거야. 덕분에 그 집 부엌에는 오랫동안 불을 켤 일이 없었지. 몇 달쯤 지났을까? 아내의 움직임이 이상하다 싶어서 들여다봤더니 글쎄 아내의 두 다리가 철썩 달라붙어 있는 게 아니겠어?"

"다리가 붙었다고?"

"그래. 마치 처음부터 하나였다는 듯이 말이야. 매끈하고 끈적끈적한 막 같은 게 다리 사이를 이어주고 있었지."

"······지금, 인어를 말하는 거야?"

"그래, 맞아. 녀석의 아내는 인어가 된 거야. 어느 순간 온몸이 반짝거리고 발이 있던 곳엔 넓적한 지느러미가 돋아났지."

"······성주야."

"완전히 인어가 돼버린 거야, 녀석의 아내는. 그때쯤엔 혀가 퇴화한 것처럼 말도 제대로 하지 못했어. 그런데도 아내는 힘을 주어 부탁했지. 바다에 보내달라고. 자신을 이제 그만 놓아달라고. 정말 간절하게 애원했대."

좀 전까지만 해도 담백하게 느껴지던 회 맛이 한순간 타이어 고무를 씹는 것처럼 생각됐다. 새로 가져온 회의 반도 먹지 못한 채 나는 젓가락을 내려놓았다.

"왜? 더 안 먹고."

"배가 부른 것 같네."

"그래?"

성주는 납득이 안 간다는 듯 고개를 갸웃하며 젓가락 가득 회를 집어 들었다. 콧김을 푸슝 내뿜으며 쩝쩝 소리를 낸다.

"녀서긍 그얼 수 어섯어."

"뭐라고?"

40

성주는 어금니 이쪽저쪽으로 바쁘게 회를 씹어 넘겼다. 혀로 윗니를 쓱 훔치며 쩝 소리를 냈다.

"녀석은 그럴 수 없었어. 아내를 너무 사랑했거든. 어떻게든 옆에 두고 싶었어. 평생 함께하고 싶었지. 하지만 녀석도 대충은 알고 있었던 모양이야. 아내가 더이상 좁은 욕조 안에서 살아갈 수 없다는걸."

성주는 젓가락 끝으로 남은 회를 획획 뒤집었다. 그러고는 반질거리는 생선 덩어리를 듬뿍 퍼서 입에 넣었다.

쩝쩝대는 소리.

"그래서 녀석은 결심하게 됐지. 아내를 먹어버리자고."

"뭐?"

"녀석은 먹은 짐승의 소리를 들을 수가 있잖아."

쩝쩝대는 소리.

"자, 잠깐만, 성주야."

"아내는 인어가 된 거야. 인어는 생선이잖아. 먹는다고 죄가 될 건 없지."

"그거 설마……."

"녀석의 생각이 맞았어."

"네가 그랬다는 건 아니지?"

"그렇게 하면 평생 아내의 목소리를 들을 수 있으니까."

"농담하는 거지?"

"어디를 가든 떨어지지 않고……."

성주는 문득 말을 끊고 고개를 휙 돌렸다. 그러고는 아무것도 없는 곳을 뚫어져라 쳐다보았다. 마치 흘러가는 공기의 움직임이라도 포착해내려는 듯한 표정이었다.

1분 정도 그렇게 있다가 성주는 자세를 바로 했다.

"……왜."

"아닌가……."

성주는 긴장을 푼 뺨을 손으로 북북 긁었다.

"분명 집사람 목소리였는데……. 너, 우리 집사람 목소리 듣지 못했어? 지금 분명 살려달라고……. 아니다. 그럴 리가 없지. 아내는 집에 있을 텐데. 앗, 지금 몇 시지? 일찍 들어가기로 약속했는데."

성주는 아무것도 없는 손목을 힐끔 쳐다보더니 서둘러 몸을 일으켰다.

"미안해. 늦어서 먼저 갈게. 뒷정리는……."

"걱정 마. 나 혼자 하면 되니까."

성주는 안심한 듯한 표정을 짓더니 뒤뚱뒤뚱 현관 쪽으로 걸어갔다. 이내 성주의 뚱뚱한 몸은 비 내리는 밤 저편으로 사라졌다.

현관문이 닫히고 잠금장치가 소리를 냈다. 난도질

당한 듯한 고요함이 혼자 남은 거실에 내려앉았다. 반질반질한 흰살생선의 살점들이 일제히 고개를 들어 나를 올려다봤다. 먹은 음식들이 꾸르륵 소리를 내며 위장 속을 흘러갔다.

〔 **4** 〕

그날 이후 성주가 찾아오는 일은 없었다. 그 이유는 얼마 전에 알았다.

"성주가 자살했대."

창고 보수작업을 하고 있을 때 대학 동창에게서 연락이 왔다.

최초 목격자는 집주인이었다고 한다. 밀린 월세를 독촉할 생각으로 방문했다가 방에서 목을 맨 성주를 발견했다. 현관문은 처음부터 잠겨 있지 않았다. 현관과 거실은 온통 쓰레기투성이였고 냉장고에는 썩은 생선만이 가득 들어 있었다. 유서는 발견되지 않았다고 한다.

성주의 장례식은 조촐했다. 이렇다 할 가족도 친척도 없던 성주는 결혼식 때 찍은 사진을 영정사진으로 썼다. 네모난 액자 안에서 성주는 재미난 생각이라도 떠올린 표정으로 썰렁한 식장을 바라보고 있었다.

영정사진을 가만히 들여디보고 있자니 한 가지 기억이 떠올랐다.

— 아내가 하는 걸 옆에서 보고 따라 해봤어.

호화롭게 꾸며놓은 회 접시를 지적하자 성주는 그렇게 말했었다. 그때 성주가 짓던 표정은 영정사진 속 표정과 같았다. 그날 성주는 더할 나위 없이 행복해 보였다.

혹시 성주도 슬기를 사랑하고 있었던 것은 아닐까. 문득 그런 생각이 들었다. 슬기가 사라졌을 때 성주는 누구보다 열심히 아내의 행적을 뒤쫓았던 게 아닐까. 아내를 잃은 슬픔을 주체하지 못해서 성주는 그런 말도 안 되는 이야기를 지어낸 게 아닐까.

나는 잡념을 떨쳐내듯 머리를 흔들었다. 이제 와서 알 길은 없다. 죽은 자는 말이 없기 때문에. 그러고 보니 그때 생선 이름을 묻지 못했다. 성주가 집으로 돌아간 뒤 나는 며칠 동안이나 음식 맛을 그리워했다. 이제 그 요리는 두 번 다시 맛보지 못하리라. 그 사실이 몹시도 아쉬웠다.

"나 왔어."

장례 절차를 모두 마치고 집에 돌아오자 어찌할 바 없이 수마가 몰려왔다. 장례가 치러지는 동안 앉은 채로 쪽잠을 잔 게 전부였다. 그러나 나는 그런 내색을 말끔히 지운 채 짐짓 밝은 목소리를 냈다. 여자친구에게 걱정을 끼치고 싶지 않았다.

"지하에 있어?"

나는 부엌 옆으로 나 있는 문을 열고 지하창고로 내려갔다. 불빛이 약한 전구가 내려가는 계단 위로 줄줄이 달려 있다. 발밑만 겨우 비치는 정도이기 때문에 나는 벽을 더듬으며 조심조심 발을 움직였다.

"많이 기다렸지?"

아버지가 사용하던 목공기계 저 너머로 여자친구가 서 있었다. 두 손을 붙여 머리 위로 올리고 매끈한 팔뚝 살에 뺨을 묻은 자세로 나를 유혹한다. 어둑한 창고 내부에서 그녀의 새하얀 허벅지만이 두둥실 떠 있는 것처럼 보였다.

"뭐 하냐니깐."

여자친구 앞에 선 나는 깜짝 놀라 목을 뒤로 젖혔다. 여자친구의 뺨으로 물줄기가 흘러내리고 있었다.

"왜 울어?"

말을 하자마자 바보 같은 질문이었다는 걸 깨달았다. 벌써 며칠이나 떨어져 있었다. 슬퍼하는 게 당연했다.

"미안해. 정말 미안해. 많이 외로웠지……."

나는 여자친구의 얼굴을 두 손으로 감싸 쥐고 이마를 맞댔다. 여자친구의 몸이 부르르 떨렸다.

"이제 무서워할 것 없어. 내가 쭉 옆에 있어줄 테니까."

여자친구가 즐겁다는 듯이 몸을 흔들었다. 뭐라고 말한 것 같은데 웅얼거리는 소리밖에 들리지 않았다. 그제야 나는 여자친구의 입에 청테이프를 붙여놓았다는 사실을 깨달았다. 가끔 여자친구는 나를 골탕 먹이는 재미에 소리를 지른다. 나 혼자 있을 때야 즐겁지만 집에 손님이 있는 경우엔 곤란했다. 전에 성주가 왔을 때도 여자친구가 소리를 지르는 바람에 난처했던 적이 있었다. 뭣하면 성주를 죽여버릴 생각이었지만 다행히 정신 나간 성주는 눈치채지 못했다.

창고 방음공사도 끝났겠다, 나는 테이프를 떼어주기로 했다. 뺨에 자국이 남으면 안 되므로 조심조심 시간을 들여 조금씩 떼어냈다. 여자친구의 뜨거운 숨이 얼굴로 훅 날아들었다.

여자친구는 내 배려에 감동했는지 흐르는 눈물을

주체하지 못하고 계속 흐느꼈다. 그 모습이 나는 더없이 사랑스러웠다.

"울지 마, 다 끝났으니까. 이제 자길 괴롭힐 놈은 없어."

"제발……. 이러지 마."

붉어진 눈으로 여자친구는 나를 올려다보았다. 그 모습을 보자 나도 왠지 코끝이 찡해지는 것 같았다. 슬퍼할 때가 아닌데. 기뻐해야 마땅한데. 그래도 콧물을 흘리는 건 좀 그렇지 않나? 아무리 사랑해도 더러운 건 질색이다.

"제발 부탁이야. 응? 아무한테도 말하지 않을게. 여기서 있었던 일, 절대 말하지 않을게. 이제 그만 풀어 줘. 제발……."

나는 여자친구의 이마에 입을 맞추고 다시 뺨에 테이프를 붙였다.

"그 녀석 말이야, 정말 제정신이 아니더라. 먹은 음식의 목소리가 들린다고 하질 않나, 인어가 됐다고 하질 않나. 자기도 참 대단해. 어떻게 그런 놈이랑 결혼까지 하게 된 거야? 앗, 물론 그건 성주 녀석이 협박해서 그런 거지만."

내 말에 여자친구가 즐겁다는 듯 쿡쿡 웃었다.

"하긴, 정신 나간 구석이 있어서 다행이었지. 그렇지

않았다면 자기가 나한테 도움을 요청하지도 않았을 테니까."

1층으로 올라가는 창고 문 앞에서 나는 다시 한번 여자친구를 돌아봤다. 어둠 저편에서 여자친구가 나를 가만히 응시하고 있었다. 각막 위로 영원히 새겨두고 싶은 그 아름다운 자태를 내려다보면서 나는 나직이 중얼거렸다.

"사랑해, 슬기야."

이제 우리는 행복할 날만 남았다.

호루라기

〔 **1** 〕

아무도 없는 집에서 시선을 느꼈다.

아내는 장을 보러 나갔다. 직장인이 된 아들은 4년 전에 출가했으니 집에는 나 혼자밖에 없다. 그런데도 아까부터 누가 자꾸 쳐다보는 듯한 기분이 든다.

벌써 20년이 넘었다.

텔레비전을 보다가도, 밥을 먹다가도, 화장실에서 볼일을 보다가도 문득 시선을 느낀다.

하지만 그쪽으로 돌아보는 일은 없다. 돌아보지 않더라도 그곳에 뭐가 있는지 알았다. 시야 끄트머리로 그 형상이 보였다. 군청색 원피스를 입고 있는 젊은 여자다. 위에 회색빛 롱패딩을 걸치고 머리카락은 가슴

께까지 늘어뜨린 모습이다. 고개를 돌리면 바로 맞닿을 거리에서, 그 여자가 입을 크게 벌리고 나를 가만히 응시하고 있다.

잠을 자다가도 시선을 느낀다. 문득 눈을 뜨면 방 한쪽 구석에서 어둠이 움찔하고 흔들리는 기분이 든다. 처음에는 아내인 줄 알았다. 하지만 아내는 내게 등을 보인 채 옆에서 새근새근 숨소리를 내며 자고 있었다.

하루는 새벽에 눈을 뜨자 방 안에 검은 연기가 자욱했다. 곧바로 불이야 하고 소리쳤다. 이불을 발로 차며 곧장 거실로 나가려고 했지만 몸이 움직여지지 않았다. 숨이 턱 막혔다. 숨을 들이쉴 때마다 뜨거운 바늘을 삼키는 것 같았다. 다음 순간, 어둑한 연기 저편에서 높은 소리가 울려 퍼졌다. 날카로운 소리였다. 그것이 호루라기 소리라는 것을 깨달았을 즘엔 이미 내 몸은 발작을 일으키고 있었다.

아내가 서둘러 불을 켰다. 형광등 불빛이 방 안을 환하게 비추고 나서야 검은 연기도, 호루라기 소리도 그저 내 머릿속에서 멋대로 지어낸 환상이었음을 알았다.

항정신병약 덕분에 상태는 예전보다 많이 호전되었

다. 호루라기 소리나 여자의 비명 소리는 더 이상 들리지 않게 되었지만 그 시선만은 사라지지 않았다. 여자의 두 눈은 나에게 네가 죽였다, 네가 도망가는 바람에 죽었다, 전부 네 탓이다 하고 말했다.

잠시 후 징을 보러 나갔던 아내가 돌아왔다. 현관문이 열리자마자 나는 재빨리 달려가 아내에게 도움을 청했다.

"내 좀 살리도. 그 여자가 또 찾아왔다카이!"

아내는 내가 가리키는 방향을 힐끔 쳐다보더니 장봐온 비닐봉지를 들고 부엌으로 들어갔다.

"약은?"

나는 먹었다고 대답했다. 아내가 나가기 전에 먹었으니 한 시간쯤 흘렀으리라. 아내는 냉장고 안을 정리하며 말했다.

"이제 약효 올라올 때 됐네. 기다려봐."

나는 아내의 말대로 안방에 들어가 이불을 뒤집어쓰고 두 팔을 오들오들 떨면서 얼른 약 기운이 퍼지기를 기다렸다.

〔 **2** 〕

22년 전이었다. 당시 나는 교대근무를 마치고 아내와 아들을 만나러 가는 길이었다. 그해 막 초등학교에 입학하는 아들에게 신발과 가방을 사주기로 한 날이었다. 아내와 아들은 벌써 시내에 도착해 있었다. 내가 근무하던 공장에서 시내까지는 지하철로 20분 정도 걸렸다.

다행히 출근 시간이 지난 터라 열차 안은 자리가 많이 남았다. 나는 메고 있던 가방을 무릎 위에 올려두고 MP3를 꺼내 노래를 들었다. 가방끈에 매달아놓은 은색 호루라기가 열차 불빛에 비쳐 반짝거렸다. 어린이집에서 소방서로 견학을 가게 된 아들이 기념품으로 받아온 것이었다. 나는 열차 안내방송에 주의를 기울이면서 이어폰으로 들려오는 노랫소리에 집중했다.

아.

누가 무릎을 치는 바람에 튀어 오르듯 상체를 일으켰다. 깜빡 졸았던 모양이었다. 괜히 머쓱해서 주위를 살피는데 열차 안의 분위기가 이상했다. 사람들이 모두 출입문 앞에 몰려 있었다. 마치 천적을 피해 좁은 구멍 속으로 차례차례 머리를 밀어 넣고 있는 개미 떼 같은 모습이었다. 느낌이 좋지 않았다. 잘은 모르지만 일단 나도 저들처럼 출입문 바깥으로 뛰쳐나가야겠다는 생각을 했다. 가방을 꽉 움켜잡고 벌떡 몸을 일으키는데 귀에 꽂혀 있던 이어폰이 우두둑 소리를 내며 벗겨졌다. 가방 위에 놓아둔 MP3가 바닥으로 떨어진 모양이었다. 그 순간, 볼륨을 확 높인 것처럼 어마어마한 비명 소리가 귓속을 파고들었다.

차가운 피가 등줄기를 내달렸다. 뭐라고 알아들을 수 없는 목소리들이 열차 안을 메우고 눈 앞에서 사람들이 정신없이 지나갔다. 무슨 일이지. 나는 뭔가에 홀린 듯이 한 발 한 발 출입문을 향해 걸어갔다. 뜨끈한 기운이 얼굴을 감쌌다. 뭔가가 열차 천장을 더듬으며 꾸물꾸물 기어 들어오고 있었다. 폐를 쥐어 잡힌 듯

요란스레 기침을 토해내고 나서야 그것이 연기인 것을 알았다. 어디선가 불이 났다. 한 박자 늦게, 머릿속에 경고등이 들어왔다.

플랫폼은 이미 검은 연기로 가득했다. 안내표지판. 공중전화부스. 물품 보관함. 벽면. 조명 빛. 모두가 얇은 막을 덧댄 것처럼 흐릿하게 보였다. 숨쉬기가 어려웠다. 숨을 들이마시면 기침이 터져 나왔고, 기침을 할 때마다 장기가 타들어가는 듯한 통증이 느껴졌다. 비명 소리, 토하는 소리, 욕하는 소리가 한데 엉켜 머릿속이 어지러웠다. 연기가 눈알을 찔러대는 통에 앞이 잘 보이지 않았다. 나는 눈을 감고 사람들의 비명 소리를 따라 막무가내로 발을 움직였다.

달리면서 누군가와 부딪쳤다. 나는 바람 빠진 공기 인형처럼 가볍게 바닥을 굴렀다. 몸이 욱신거렸다. 발을 접질린 모양이었다. 손바닥으로 바닥을 기었다. 여기가 어디고 나가는 방향이 어딘지도 몰랐지만 일단 움직였다. 연기로 흐릿한 풍경 저편에서 화마가 열차 출입문 바깥으로 혀를 날름거리고 있었다.

바닥을 기다 보니 계단이 나왔다. 짐승처럼 네발로 계단을 올랐다. 입에서는 태엽이 감기는 듯한 소리가 흘러나왔다. 뒤에서 뭔가가 쫓아오는 기분이었다. 돌아보면 연기밖에 보이지 않았다.

겨우겨우 지하 1층에 도착한 나는 머릿속으로 출구를 더듬어봤다. 빛이라고 할 만한 것이 어디에도 보이지 않았다. 앞이 보이지 않으니 기억에 의존할 수밖에 없었다. 하지만 생각이 나지 않았다. 일단 달렸다. 어둑한 풍경 저편으로 그림자가 보였다. 나는 그 그림자에 대고 소리를 질렀다. 손을 더듬어가며 그곳으로 다가가려는데 뭔가에 발이 걸려 앞으로 고꾸라졌다. 넘어지면서 어떤 소리를 들었다. 고통스러운 듯 신음하는 목소리였다.

"거, 누구 있습니까?"

깜짝 놀라 소리쳤다. 대답은 들려오지 않았다. 연기를 더듬으며 손을 뻗자 뭔가가 손끝에 닿았다. 매끈한 감촉이 느껴졌다. 얼굴을 앞으로 가져가 그것을 확인한 순간, 나는 경악했다.

사람이었다. 초로의 남자였다. 그는 등을 구부린 채 자신의 뇌를 확인하려는 것처럼 눈을 위로 치뜨고 있었다. 벌어진 입에서 침이 흘러나와 복도바닥으로 뚝뚝 떨어졌다. 호흡은 하고 있었다. 그러나 움직임은 없었다.

그는 죽어가고 있었다.

"으아아……."

어찌할 도리가 없는 공포감이 온몸을 엄습해왔다.

"으아아아악!"

나는 정신없이 팔을 움직여 바닥을 기어갔다. 저 멀리 보이던 그림자가 성큼성큼 눈앞으로 다가왔다. 그림자를 향해 손을 뻗었다. 손에 닿은 선뜻한 무언가가 철컹철컹 소리를 냈다. 방화셔터였다. 방화셔터가 앞을 가로막고 있었다.

나는 암담한 심정으로 연기 저편에 널브러져 있는 남자를 돌아보았다. 남자 옆에 쓰러져 있는 사람이 몇 명 더 있었다. 모두 방화셔터에 앞이 가로막힌 사람들이었다.

무릎관절을 주워 모으듯 천천히 몸을 일으켰다. 두려움과 공포가 내 몸을 꽉 부여잡고 흔들었다. 널브러져 있는 사람들을 멈칫멈칫 타넘기 시작했다. 어디서 그런 기운이 솟아났는지 지금도 모르겠다. 나는 반대편 출구로 올라갈 생각이었다.

이미 그 시점에서 세상은 암흑밖에 존재하지 않았다. 보이지 않는 길을 더듬어갔다. 복도를 지나는 중 뭔가에 발목이 잡혔다. 갈고리에 걸렸다고 생각이 들 만큼 강하고 날카로운 감각이 발목 아래에서 느껴졌다.

"아저씨……, 저 좀……, 살려주세요."

연기 저편에서 그런 목소리가 날아들었다. 내 발목을 붙들고 있는 것은 갈고리가 아니라 젊은 여자였다. 그 사람이 여자인 줄 알았던 이유는 목소리 때문이 아니라 발목을 잡은 손을 떼어내려고 내가 상체를 숙였기 때문이었다.

"이, 이거 놓으이소."

"배 속에……, 아이가 있어요……."

여자는 거뭇거뭇하게 때가 탄 롱패딩 안에 군청색 원피스를 입고 있었다. 옆으로 누운 원피스의 배 부분이 빵빵하게 부풀어 있었다. 이마에 들러붙은 머리카락 사이로 여자는 나를 올려다보았다. 그 눈빛을, 나는 지금도 생생하게 기억하고 있다.

"아이를……, 살려주세요……."

나는 여자의 손가락을 하나하나 떼어냈다. 기름을 두른 것처럼 손이 자꾸만 미끄러져서 떼어내기가 쉽지 않았다. 조바심이 났다.

"이거 놓으라카이!"

나는 공을 차듯 발을 들어 올렸다. 그제야 여자는 손을 놓았다. 하지만 그 바람에 등에 메고 있던 가방 끈이 벗겨졌다. 여자는 그것을 놓치지 않고 홀쩍 몸을 날려 내 가방을 콱 낚아챘다.

"와이카는교!"

가방을 사이에 두고 실랑이를 벌였다. 여자를 데리고 가면 나는 죽는다. 그렇게 생각했다. 처지를 이해하지 못하는 건 아니지만 그 상황에 만삭인 여자를 데리고 갈 순 없었다. 그 지옥 같은 어둠 속에 갇혀보지 않은 사람은 모른다. 나는 살아남고 싶었다.

나는 가방에서 손을 놓았다. 헉하는 숨소리와 함께 여자의 몸이 바닥에 나동그라졌다. 나는 그대로 몸을 돌려 어둠 속을 달렸다. 등 뒤에서 여자가 뭐라고 소리쳤다. 나는 못 들은 척했다. 조금 지나자 우는 소리가 따라왔다. 삑삑, 힉힉, 희한한 소리였다. 그것은 우는 소리가 아니었다. 호루라기 소리였다. 여자가 내 가방에 매달아놓은 호루라기를 불어대는 모양이었다. 삑삑울어대는 그 소리가 나를 책망하듯 언제까지고 쫓아왔다.

귀를 막고 달렸다. 터져 나오는 울음 때문에 호흡하기가 몇 배로 더 힘이 들었다. 얼마 지나지 않아 계단이 나왔다. 정신없이 올라갔다. 저 멀리서 불빛이 보였다. 출구인가 하고 생각할 즈음 "거기 계십니까?" 하고 부르는 소리가 났다. 그림자가 점점 가까워지는가 싶더니 이윽고 주황색 방화복이 연기를 뚫고 시야에 들어왔다.

"내, 내는 아무 잘못 없소……. 아무 잘못 없소……."

아마 그런 말을 했던 것 같다.

그 직후 나는 기억을 잃었다.

〔 **3** 〕

    한동안 뉴스에서는 지하철 화재 사건만 다루었다. 삶을 비관하던 심신미약의 남성이 휘발유를 이용하여 열차 내에 불을 질렀다고 한다. 내가 타고 있던 위치에서 두 칸 떨어진 곳이었다.

    높은 곳에서 촬영한 대구 시내는 어쩐지 다른 나라처럼 느껴졌다. 도로 전체가 흑색, 적색, 백색뿐이었다. 흑색은 연기, 적색은 소방차, 백색은 구급차다. 지하에서 시커먼 연기가 계속해서 올라왔다. 그 검은 용오름은 지옥을 연상케 했다. 지옥이라고밖에 표현하지 못할 암흑 속으로 산소통을 멘 소방관들이 줄줄이 내려가고 있었다.

그 일이 있고 난 뒤 방송사에서 많은 인터뷰 요청이 들어왔다. 현장의 참혹함. 직접 목격한 사고 정황. 살아남은 과정. 그들은 많은 것을 궁금해했다.

나는 아무 말도 하지 않았다. 침묵으로 일관하며 사람들이 보이면 도망치듯 자리를 벗어났다. 그 이후로 시내에 나가지 않았다. 지하철도 탈 수 없었다. 불시에 들리는 구급차 소리나 텔레비전에 나오는 지하철 도착음만 들어도 몸이 떨리고 숨이 가빠졌다. 3년간 입퇴원을 반복했다. 다니던 공장은 진즉에 그만두었다. 내가 이렇게 된 이후로 아내는 두 사람 몫의 일을 하며 혼자서 아들을 키워냈다. 아내에게는 늘 고맙게 생각하고 있다.

"음, 이제 곧 22주기구나."

식탁 맞은편에서 아내가 혼잣말하듯 중얼거렸다. 시선의 위치를 보아하니 텔레비전을 보고 있는 모양이었다. 볼륨을 없애놓아서 나는 지금 텔레비전에서 무엇이 나오는지 몰랐다. 매년 2월이 되면 나는 일절 텔레비전을 쳐다보지 않는다.

"아저씨도 추모하러 함 가보지?"

구운 고등어 살점을 도톰하게 잘라내 내 밥그릇에 올려주면서 아내가 그런 말을 했다.

"일 없다."

"혹시 아나? 그 아가씨가 용서해줄지."

"일 없다 안 카나!"

나는 내팽개치듯 숟가락을 내려놓았다. 아내의 어깨가 움찔하고 떨렸다.

"와 소리를 지르노! 아니믄 평생 그카고 살래? 사람 칼로 찔러 죽인 놈도 교도소에서 웃고 산다 카드라. 당신은 와 그래 사는데!"

나는 드르륵 의자를 밀며 자리에서 일어났다. 뭔가 말을 하려고 했는데 입술이 떨어지지 않았다. 아내가 슬픈 눈으로 나를 올려다봤다. 나는 안방으로 들어갔다.

커튼을 쳐둔 방은 어둑했다. 침대 매트리스에 등을 기대고 앉아 멍하니 천장을 보고 있자니 문득 담배가 생각났다. 사고 직후부터 지금까지 나는 일절 담배에 손을 대지 않았다. 라이터 불을 켜기가 무서웠기 때문이다.

벽 구석에서 여자가 나를 비웃듯이 쳐다보았다.

"……내가 거 가가 용서를 빌믄, 그카믄 내 용서해 주겠소?"

여자는 대답이 없었다.

"용서가 안 되겠지예……."

나는 무릎을 세우고 그 사이에 얼굴을 묻었다. 머리 위에서 호록호록하고 호루라기 부는 소리가 들려왔다.

〔 **4** 〕

"와 이래 떨어 쌌노. 가만히 좀 있그라."

내 무릎을 탁 치며 아내가 말했다. 백발의 택시 기사가 룸미러로 슬쩍 보고는 웃음을 지었다. 나도 모르게 다리를 떤 모양이었다. 차체가 아래위로 흔들리기에 뭔가 싶었더니 내가 원인이었다.

중앙로역에 가까워질수록 가슴이 답답해졌다. 2월 18일. 아직 봄이 까마득하게 느껴질 정도로 공기가 차갑다. 그런데도 내 셔츠 안은 땀으로 흥건했다. 크게 한숨을 내쉬자 아내가 맞잡은 손에 힘을 넣어주었다.

거리가 생소했다. 그대로라면 그대로고 달라졌다면 달라진 풍경이었다. 전체적인 건물 구도는 같았지만 상점의 간판이나 길가에 심어진 나무는 낯설었다. 20여년 전 그날처럼 젊은이들 몇몇이 서로 꼭 붙은 모습으로 거리를 지나간다. 하늘이 어스레한 게 당장이라도 뭔가 쏟아질 것 같았다.

택시가 길기에 멈춰 섰다. 중앙로역 3번 출구 앞이다. 그날 내가 탈출했던 출구는 몇 번 출구였을까.

택시에서 내리자 무릎이 덜덜 떨려왔다. 아내가 손을 잡아주었다. 아내의 다른 손엔 새하얀 국화 다발이 들려 있었다. 지하로 내려가는 계단 앞에서 아내는 내 손을 놓으며 그 손에 국화 다발을 들려주었다.

"내려가가 하고 싶은 말 하고 오이소. 참말로 미안하다고. 한 번만 봐달라고."

고개를 끄덕였지만 발이 떨어지지 않았다. 저 시커먼 구멍 안으로 들어가면 다시는 못 나올 것 같은 기분이 든다. 그날 들이마셨던 공기의 뜨거움. 눈알을 잡아 찢던 연기. 결국 탈출하지 못하고 바닥에 누워 있던 사람들. 머릿속으로 그날의 정경을 또렷하게 들여다볼 수 있었다. 어째서 사람들은 아무렇지 않게 저 아래로 내려갈 수 있을까. 무섭지도 않나.

아내가 가볍게 내 등을 밀었다. 나는 낭떠러지에 내몰린 사람처럼 화들짝 놀라 뒤로 슬금슬금 물러났다.

"모, 몬 한다."

나는 땅바닥에 풀썩 주저앉았다.

"못 들어가겠다카이."

나는 떼를 쓰듯 두 다리를 팔자로 뻗은 채 아내를 올려다봤다. 턱이 딱딱 소리를 내며 부딪쳤다. 지나가는 사람들이 이상하다는 눈빛으로 쳐다봤다.

"사람들 지나다니게 이리로 나온나."

아내의 말에 우리는 출구 계단 옆에 나란히 쪼그려 앉았다. 5분쯤 그렇게 있자 호흡이 조금씩 안정되기 시작했다. 땀이 식으면서 몸이 추워졌다.

"후회 안 할 자신 있나?"

어제 먹은 저녁 메뉴를 물어보듯 담담한 목소리로 아내가 말했다. 나는 아내의 얼굴을 힐끔 쳐다본 다음 시선을 그대로 허공에 띄웠다. 후회? 후회라면 20년 넘게 하고 있다. 그리고 지금 내가 저 밑으로 내려가지 않는다면 또 다른 후회를 할지도 모른다는 사실도 알고 있다. 하지만 못 한다. 못 하겠다. 저 아래로 도저히 내려갈 수가 없다. 나는 울고 싶은 심정이었다.

"그람 고마 집에 가자."

내 침묵을 오해했는지 아내가 몸을 일으키려고 했다. 나는 재빨리 아내의 손목을 잡아끌었다.

"자, 잠깐만 있그라. 쪼끔만 더 있다 가자."

더 있어 봐야 상황이 바뀌지 않을 거라는 건 알고 있었다. 그래도 조금만, 조금만 더 이곳에 머무르고 싶었다.

쪼그러 앉은 지세로 지하철 출구를 오르내리는 사람들을 바라봤다. 사람들은 무심한 표정으로 계단을 내려가고, 또 올라왔다. 휴대전화를 보며 웃는 사람도 있었다. 나도 전에는 저랬을까. 머리를 노랗게 물들인 젊은 여자. 손수레를 들고 힘겹게 계단을 오르는 노인. 출구를 빠져나와 저만치 앞서가는 버스를 향해 허겁지겁 뛰어가는 샐러리맨. 모두 그날을 잊은 듯한 모습이었다.

나만 그날을 기억하고 있었다.

출구로 한 여자와 남자가 올라왔다. 남자는 여자보다 키가 머리 하나쯤 더 컸다. 엄마와 아들로 보였다. 팔짱을 낀 채 꼭 붙어 걷는 모습이 퍽 다정해 보였다.

"고만 가자."

무릎에 손을 짚으며 몸을 일으켰다. 고작 몇 분 앉아 있었다고 관절에서 우두둑 소리가 났다. 몸이 예전 같지 않다는 건 오래전에 알았다. 어쩌면 그날 들이마신 연기가 내 몸에 해로운 영향을 끼쳤는지도 모른다.

"저……."

아내의 손을 잡아 일으켜 세우려는데 등 뒤에서 목소리가 들렸다. 돌아보니 좀 전의 모자였다. 아들은 저만치 세워두고 여자 혼자 나에게 다가왔다.

아내와 아는 사람인가 싶어 상체를 물렸다. 그러나 아내는 오히려 내 얼굴을 쳐다봤다. 여자는 확실히 우리에게 볼일이 있어 보였다. 여자가 한 걸음 더 다가왔다.

"기억하시겠어요?"

두 손을 다소곳이 모은 자세로 여자가 물었다. 항상 감기를 달고 사는 사람처럼 얇고 갈라지는 목소리였다. 목 아래까지 오는 밤갈색 머리에 눈썹이 짙었다. 얼핏 보면 어려 보이지만 표정을 지을 때마다 눈가에 주름이 잡혔다. 40대 중반쯤 되었을까.

혹시 여자의 남편과 아는 사이인가. 그런 생각으로 나는 뒤에 서 있는 여자의 아들 쪽으로 시선을 주었다. 남자아이는 대학생 정도로 보였다. 지겹다는 듯한 표정으로 신발 끝을 바닥에 툭툭 박아대고 있었다. 그 움직임에 맞춰서 목에 걸어둔 뭔가가 좌우로 흔들렸다. 흔들리면서 반짝반짝 빛을 흩뿌리고 있었다. 아는 물건이었다. 기억에 있는 물건이었다.

"아아……."

나도 모르게 뒷걸음질 쳤다.

"으아아……."

무릎이 툭 꺾이며 그 자리에 주저앉았다. 찢어질 듯한 비명 소리가 귀로 들렸다. 그 소리가 내 입을 타고 흘러나온 것이라는 것을, 나는 수 초가 흐른 뒤에야 겨우 깨달을 수 있었다.

"어, 어떻게……."

호루라기였다. 남자아이는 호루라기 줄을 목에 걸고 있었다. 아들이 어린이집에서 받아온, 22년 전 이곳에서 잃어버린 호루라기가 어째서인지 지금 저 남자아이의 목 밑에서 흔들리고 있었다.

"사, 살려주이소. 내, 내, 내가 다 잘못했심더."

엉덩이로 땅바닥을 밀며 도망쳤다. 여자는 내가 물러난 만큼 다가와 추위로 벌게진 손을 앞으로 내밀었다. 나는 몸을 흔들어 손을 뿌리쳤다. 내 앞에 서 있는 여자가 마치 저승에서 온 사자처럼 생각되었다.

"미, 미안합니더. 미안합니더. 함만 봐주이소! 내, 내 다시는 안 그럴게예."

"맞지요? 아저씨, 맞지요?"

여자가 내 목소리를 덮어버리듯 허스키한 목소리로 소리쳤다. 무릎을 꿇고 앉아 내 두 손목을 강하게 쥐어 잡았다.

"아저씨 덕에 살았습니다. 호루라기 덕분에, 아저씨 호루라기 덕분에 살았습니다. 소방관들이 구해줬습니다. 호루라기 소리를 듣고 소방관 사람들이 찾아왔어요. 고맙습니다. 정말로 고맙습니다."

흐느낌이 숨을 밀어내는지 여자는 말하는 중간에 씁씁씁 하고 숨을 몰아쉬었다. 여자의 얼굴이 붉게 일그러져 보였다. 나는 울고 있었다.

"사, 살아 있었는교?"

일그러진 시야 저편으로 실루엣이 아래위로 움직였다.

"참말로 살아 있었는교?"

"아저씨 덕분에요. 고맙습니다. 고맙습니다."

"살아 있었는교!"

그날의 공포, 슬픔, 허무함, 분노가 울음소리로 한꺼번에 터져 나왔다.

거리의 사람들이 반원을 그리듯 우리 둘을 둘러쌌다. 그 사람들은 하나같이 당혹스러운 표정을 짓고 있었다. 아내도, 여자의 아들도, 그들과 비슷한 얼굴을 하고 있었다.

"모, 목소리가……."

내 말에 여자는 두 손으로 가볍게 목을 가렸다. 무

엇이 그녀의 목소리를 갈라지게 만들었는지, 나는 잘 알고 있었다.

"미안합니다. 미안합니다. 참말로 미안합니다."

2003년 2월 18일. 연기가 눈을 찌르던 그날처럼, 나는 그곳에 무릎을 꿇고 앉아 한참 동안 울음을 터뜨렸다. 좀처럼 눈물이 멈추지 않았다.

어느새 내리기 시작한 눈이 하얀 재처럼 팔랑팔랑 몸을 흔들며 여자의 머리 위로 떨어지고 있었다.

무한살인

〔 **1** 〕

 "아내분이 정말 좋아하시겠어요."

 포장된 케이크와 와인병이 든 쇼핑백을 건네주면서 여직원이 말했다. 순간 그 말뜻을 이해하지 못했지만 주문할 때 결혼기념일을 언급했던 기억이 났다.

 "아아, 저도 그랬으면 좋겠네요."

 적당히 대답한 뒤 물건을 받아 들고 상점을 나왔다. 비 오는 평일 저녁, 거리에 사람은 많지 않았다.

 우산을 펼쳐 들고 주차된 차로 갔다. 뒷좌석에 케이크를 놓고 운전석에 올라탔다. 시동을 걸며 넥타이에 묻은 빗방울을 털어냈다. 와이퍼를 켜자, 빗물로 흐릿했던 차창이 잠시 밝아졌다가 이내 물줄기가 생기며 다시 시야를 가렸다. 올해는 장마가 유난히 길게 느껴진다.

룸미러로 뒷좌석의 케이크를 힐끗 쳐다보면서 아내가 좋아할 것 같다던 직원의 말을 떠올려본다. 그녀의 눈에 우리 부부는 어떻게 비쳤을까. 꼬박꼬박 기념일을 챙기는 자상한 남편과 사랑받는 아내. 조금은 부러워했을까.

만약 내가 아내를 죽인 사실을 말했다면 직원은 어떻게 반응했을까. 그래도 손님이니 끝까지 친절하게 응대해줬을까. 아니면 짓궂은 농담을 들은 것처럼 그저 어색하게 웃고 말았을까. 그런 시시한 생각들을 해본다.

아내를 살해한 뒤로 며칠이 지났지만 아직도 내 손에는 그날의 감각이 선명하게 배어 있다. 아내의 목을 조를 때 느껴지던 중량감과 칼날이 살갗을 파고들 때 들리던 소리, 뼈를 찔렀을 때의 저릿함과 얼굴로 날아들던 수많은 핏방울들, 하나하나 빠짐없이 모두 기억하고 있다.

그리고 나는 현재 그 일을 뼈저리게 후회하고 있다. 그날의 기억은 드럼통 깊숙이 들러붙은 오래된 기름때처럼 내 마음에 끈적끈적한 트라우마로 남아 있다.

내 손으로 사랑하는 사람을 죽였다. 그것도 인간이 생각해낼 수 있는 최대의 잔인한 방법으로 몇 번이고 몇 번이고 반복해서 죽였다. 그 기억을 떠안고 어찌 편안히 살아갈 수 있겠는가.

그러나 아이러니하게도 그날의 일이 나를 성장시킨 것도 사실이다. 그날 아내를 죽이지 않았더라면 나는 과연 오늘이 결혼기념일인지 알았을까. 아내가 좋아하는 와인이 무엇인지 알았을까.

시간은 뒤돌아보지 않는다. 앞으로 흘러갈 뿐이다. 그날의 일은 나만이 알고 있고 기억은 언젠가 신기루처럼 희미해져갈 것이다. 그거면 됐다. 나 혼자서 짊어지고 살면 그만이다. 아무 문제 없을 것이다.

숨을 크게 들이마시고 기어를 드라이브에 놓았다. 브레이크 페달에서 천천히 발을 떼자, 차는 먹잇감에 다가가는 짐승처럼 느릿하게 빗길을 미끄러져 나아갔다.

*

그날은 6월 24일. 목요일이었다.

아침에 눈을 뜨자 아내가 화장대 앞에 앉아 있었다. 어디 가냐고 물으니 작가들 모임이 있다고 했다. 아내는 잡지나 계간지 등에 글을 싣는 자유기고가였다.

아내는 늦을 것 같다며, 미안하지만 저녁은 나 혼자서 해결해야 할 것 같다고 말했다. 마침 그날은 나도 저녁 약속이 있어서 군말 없이 알겠다고 대답했다. 창문 밖은 어두웠다. 금방이라도 비가 쏟아질 것 같은 날씨였다.

집을 나서 엘리베이터를 기다리고 있는데 아내가 급히 뛰어나왔다. 한 손에는 우산이 들려 있었다. 오늘부터 장마가 시작될 거라고 했다. 우산은 노란 바탕에 꽃무늬가 그려져 있었다. 촌스럽기도 하고 들고 다니기 귀찮기도 해서 필요 없다고 말했다. 어차피 차를 타고 이동할 건데 비 맞을 일이 뭐가 있겠냐고.

아내는 그래도 계속 권했지만 나는 시간이 늦었다는 핑계를 대고 재빨리 엘리베이터에 올라탔다. 문이 닫히기 전에 내다본 시선으로 맨발 차림에 슬리퍼를 거꾸로 신고 있는 아내의 다리가 보였다. 솔직히 그때는 저 여자가 내 아내인 게 부끄럽다고 생각했다.

오전 내내 업무를 보고 점심은 직원들과 같이 구내식당에서 해결했다. 사원 중 하나가 밥을 먹다 말고 갑자기 대표 흉내를 내어 모두를 웃겼다.

식사 후에는 간단히 미팅을 마치고 외근을 나갔다. 갑작스레 생긴 일정이라 기분이 좋지 않았다. 바깥에는 비가 억수같이 퍼붓고 있었다. 잠깐만 이동해도 온 몸이 젖을 것 같았다. 입구에 서서 갈팡질팡하고 있으니 주아가 우산을 들고 왔다. 그녀는 내 직속 후배로, 늘씬하고 말재주가 좋아 남사원들에게 인기가 많았다. 나는 고맙다고 말한 뒤 그녀가 빌려준 우산을 쓰고 주차장으로 향했다.

생각보다 일이 일찍 끝나 시간이 좀 남았다. 회사에 들어가기는 싫어서 근처 카페를 찾았다. 평일인데도 사람이 많았다. 비가 온 탓인지 카페 안의 온갖 소리가 서로 뒤엉키며 마치 사우나에 온 것처럼 천장에 울려 퍼졌다.

커피를 주문하고 의자에 앉아 내리는 비를 멍하니 쳐다보고 있는데 눈 앞에서 익숙한 실루엣이 휙 하고 지나갔다. 노란색 꽃무늬 우산. 아내였다.

반가운 마음에 얼른 뛰쳐나가 아는 체하려고 했다. 그러나 그럴 수 없었다. 아내 곁에 누가 있었기 때문이다. 처음 보는 남자. 우산을 나눠 쓰고 아내의 어깨에 팔을 두르고 있었다. 혹시 동료 작가인 걸까. 마주 보는 얼굴이 퍽 다정해 보였다.

두 사람이 쓴 우산이 영화관 뒤쪽으로 사라졌다. 나는 귀신에 홀린 듯 그들을 따라갔다. 주아에게 빌린 우산은 카페 안에 두고 내리는 비를 그대로 얻어맞으며 걸어갔다. 그즈음의 나는 반쯤 얼이 나가 있었다.

영화관 뒤쪽에는 모텔이 즐비했다. 두 사람은 골목 끝자락에 위치한 건물에 멈춰 섰다. 몇 마디 말을 주고받더니 우산을 접어 들고 안으로 들어갔다. 그리고 오랫동안 나오지 않았다.

얼토당토않은 드라마를 한 편 본 것 같았다. 너무나 현실성이 없어서 화를 내기에도 애매한 기분이었다. 그저 그날 아침에 본 아내의 슬리퍼만 생각났다. 허겁지겁 뛰쳐나오느라 짝도 제대로 신경 쓰지 못한 모습이 자꾸만 눈 앞에 어른거렸다. 배신과 배반. 음모와 술수. 인생이 송두리째 날아가는 기분이었다.

아내는 밤 10시가 지나서야 집에 돌아왔다. 불 꺼진 방에 흠뻑 젖은 채로 앉아 있는 나를 보고 아내는 짤막이 비명을 질렀다. 왜 그러고 있냐고 물었지만 대답하지 않았다. 저녁은 먹었냐는 질문에도 대답하지 않았다. 그저 옆에 있던 남자는 누구였냐고 물어봤다. 처음에는 가볍게 받아들이던 아내도 내가 목격한 시간과 장소까지 말하자 그제야 사태의 심각성을 눈치챈 듯 안색을 바꾸었다. 시선을 피하고 말을 더듬었다. 그 모습을 보니 가슴 안에 최후의 보루처럼 남아 있던 부부의 신의마저 완전히 박살이 나버렸다.

얼마간 추궁과 변명이 오고 갔다. 점점 언성이 높아졌다. 무슨 말을 했는지까지는 기억나지 않는다. 드라이기인지 고데기인지 모를 물건 하나를 집어 던졌고, 화장대 거울이 깨지며 팔꿈치에 피가 났다.

아내는 울고불고 용서를 빌다가도 나에 대한 원망을 쏟아냈다. 얼마나 외로웠으면 그랬겠냐는 것이다. 순간 눈이 해까닥 뒤집혔고, 말을 멈추게 하려고 두 손으로 있는 힘껏 아내의 목을 졸랐다. 아내는 내 힘에 못 이겨 한 걸음씩 뒤로 물러나다가 벽에 뒤통수를 찧고 나서야 멈춰 섰다. 피가 잔뜩 몰린 얼굴은 벌겋다 못해 보랏빛에 가까웠고, 관자놀이에 불거진 정맥은 금방이라도 터질 것처럼 꿈틀거렸다. 그래도 나는 잡은 손에 힘을 풀지 않았다.

얼마나 그러고 있었는지 모른다. 나를 노려보는 아내의 눈에는 여전히 독기가 가득했고, 나는 어떻게든 그 기를 꺾어보려고 노력했던 것 같다.

시간이 지나 차츰 손아귀가 아려오기 시작할 즈음에야 나는 천천히 아내의 목에서 손가락을 뗐다. 그러자 아내는 고정핀이 빠진 장난감처럼 그 자리에 풀썩 주저앉았다. 몸에 의지라곤 전혀 없이, 관절을 아무렇게

나 꺾으며 부자연스러운 모습으로 바닥에 쓰러졌다.

굳이 확인할 필요도 없었다. 아내는 죽어 있었다.

*

아마도 새벽.

일을 마치고 나니 수마가 몰려왔다. 큰 덩어리는 캐리어에 담고 작은 것들은 잘게 잘라 변기 물에 흘려보냈다. 일단 자고 나머지는 내일 생각하기로 했다.

침대에 눕자 온몸이 저려왔다. 내가 사람을 죽이다니, 실감이 나지 않았다. 멍한 기분으로 천장을 올려다보고 있자니 핸드폰이 울렸다. 메시지였다. 몇 통이나 와 있었다. 그제야 그날 저녁 약속이 있었단 게 생각났다. 그러나 이제 그런 것들은 내게 별로 중요한 일이 아니었다.

이대로 내 인생은 끝나는 걸까. 두 번 다시 일상으로 돌아갈 수 없는 걸까. 그런 생각을 하며 잠이 들었다.

6월 24일은 그렇게 막을 내렸다.

〔 **2** 〕

아내 꿈을 꾸었다.

꿈속에서 아내는 화장대 앞에 앉아 있었다. 머리를 다듬고 루주를 발랐다. 불과 하루 전만 해도 일상처럼 느껴지던 광경이었다. 하지만 이제는 아니다. 아내는 죽었다. 남편에게 목이 졸려 죽었다.

몹시도 그리운 광경이라 나는 잠시 입을 다물고 아내가 화장하는 모습을 지켜보았다. 종이처럼 하얀 목덜미와 귀 옆으로 삐져나온 머리카락을 보았다. 그러다 거울을 통해 눈이 마주치자 아내는 수줍다는 듯이 작게 입술을 오므렸다. 연애할 때 자주 보던 표정이었다. 그러나 이제는 그 웃음에 가식이 서려 있다는 사실을 안다. 외간 남자를 만나기 위해 화장을 한다는 것도, 둘이 만나 어디로 향하는지도 나는 알고 있다.

문득 슬퍼져서 눈물이 났다. 아내가 깜짝 놀라 뒤를 돌아봤다. 괜히 민망해져서 창 쪽으로 시선을 돌렸다. 창밖은 어두웠다. 금방이라도 비가 쏟아질 것 같은 날씨였다.

세수라도 하기 위해 몸을 일으키자 아내가 오늘 늦을 것 같다며, 미안하지만 저녁은 나 혼자서 해결해야 할 것 같다고 말했다. 작가들 모임이 있다고 했다. 응? 묘한 기시감이 들었다. 그 말이 낯설지가 않았다. 혹시 하는 마음에 오늘 날짜를 물어보니 아내는 뜬금없다는 표정으로 6월 24일이라고 대답했다. 목요일. 어제였다.

머릿속이 복잡했다. 왜 어제 일이 꿈에 나타나는 걸까. 그리워서? 아니면 괴로워서? 아무리 그래도 하루 만에 같은 꿈을 꾼다는 건 좀 이상하다. 그리고 꿈이 이리도 현실감을 띨 수 있을까. 침대 매트와 이불의 감촉, 화장대 불빛과 그 빛을 반사하고 있는 아내의 귀걸이까지 전부 확실한 실체감을 가지고 있었다.

뭐가 뭔지 모를 기분으로 눈 사이를 문지르고 있자니 아내가 회사에 늦겠다며 나를 부추겼다. 그 말에 어영부영 출근 준비를 했다. 그러나 이를 닦고 세수를 하면서도 내 머릿속은 물음표로 가득했다. 마치 전날 독한 감기약을 먹고 잔 것처럼 기억과 망상의 경계가 모호하게 느껴졌다.

다녀오겠다고 말한 뒤 집을 나섰다. 아내를 살해하면서 두 번 다시 오지 않을 줄 알았던 장면이었다. 엘리베이터 앞에 서서 멍하니 기다리고 있는데 아내가 허겁지겁 달려왔다. 오늘부터 장마가 시작된다며 노란색 꽃무늬 우산을 건네주었다. 나는 우산을 받아 들고 생각에 잠겼다. 혹시 지금이 아니라 어제 일이 꿈이 아니었을까. 소위 예지몽처럼, 앞으로의 일을 미리 예지하여 나에게 알려준 게 아니었을까. 그러지 않고서야 말이 안 된다. 이건 꿈이 아니다. 이렇게 실체감이 느껴지는 꿈, 내 평생 들어본 적도 없다. 죽은 아내가 살아 돌아올 리도 만무하다. 내 기억 속의 아내는 분명 여러 등분으로 나뉘어 캐리어 가방 안에 담겼다. 이렇게 멀쩡한 모습으로 내 앞에 서 있을 리 없다.

감촉을 확인하듯 우산을 꾹꾹 눌러보며 무심코 아내의 다리를 쳐다봤다. 양말을 신지 않은 발에는 슬리퍼가 거꾸로 신겨져 있었다. 틀림없다. 어제 본 모습 그대로였다.

그때 등 뒤로 엘리베이터가 도착했다. 나는 도망치듯 그것에 올라탔다. 아내가 손을 흔들었지만 나는 애써 외면하며 고개를 숙였다. 그제야 손에 우산을 들고 있다는 사실을 알았다. 어제는 우산을 받지 않았었는데. 혹시 이러면 미래가 바뀌는 걸까. 생각하면서도 스스로 어이가 없어서 나도 모르게 피식하고 웃음을 흘렸다. 그저 질 나쁜 꿈을 꿨을 뿐이겠지. 그렇게 생각하고 말았다.

별다를 것 없는 일정이 지나갔다. 반복되는 업무는 일상이라 크게 신경 쓰이지 않았지만 같은 말을 반복해서 듣는 건 무서웠다. 점심시간에 사원 중 하나가 대표 흉내를 내서 모두를 웃겼는데 나만은 웃지 않고 인상을 찡그렸다. 두려운 마음이 든 것이다. 만약 어제 꾼 꿈이 실제로 반복된다면 나는 어떻게 행동해야 할까. 자꾸만 아내의 시신과 시신을 처리하던 과정이 떠올라 속이 메슥거렸다.

오후에는 외근을 나갔다. 원래 일정에는 없던 업무였지만 이미 예상하고 있었으므로 당황하진 않았다. 바깥에는 비가 내리고 있었다. 원래라면 이때 주아가 우산을 빌려줘야 하지만 나는 이미 우산을 가지고 있었다. 과연 어떻게 될까. 궁금해서 잠시 입구에 서 있어봤다. 하지만 주아는 나타나지 않았다. 내가 알던 장면과 다르게 흘러간 것이다.

관계자를 만나 업무를 보면서도 내 정신은 온통 딴데 가 있었다. 이대로 꿈과 달라지는 걸까. 내 미래는 달라지는 걸까. 아내의 외도는, 나의 범죄는, 과연 없던 일이 될 수 있는 걸까. 나비효과라는 말을 안다. 나비의 날갯짓처럼 아주 사소한 변화 하나가 나중에 예상치 못한 큰 파장을 일으킬 수도 있다는 개념. 그게 과연 나에게도 적용될까. 아니면 이 모든 게 그저 단순한 데자뷔일 뿐인 걸까.

어떻게 지나갔는지도 모른 채 어영부영 업무를 끝마쳤다. 인사도 하는 둥 마는 둥 하고 나는 곧장 그 카페로 달려갔다. 꿈에서 본 것과 같은 자리에 앉아 두려운 마음으로 창밖을 응시했다. 아내를 보면 어쩌지. 외도를 보면 어쩌지. 불안해서 견딜 수가 없었다.

카페 안의 소음이 귓속에 윙윙 울려 퍼지는 가운데 시간은 흘러갔다. 정확히 몇 시, 몇 분, 몇 초에 지나갔는지는 기억나지 않았다. 자리에 앉고 얼마 안 있어 지나간 것 같기도 하고, 5분이나 10분쯤 뒤에 나타난 것 같기도 했다. 솔직히 아무 일도 일어나질 않길 바랐다. 이대로 무탈하게 집으로 돌아가 아내에게 웃으며 꿈얘길 들려줄 수 있기를 바랐다. 너무나 생생한 꿈이어서 믿고 말았다고, 믿고 싶지 않은 꿈이라 더더욱 믿게 되었다고, 나도 내가 왜 그랬는지 모르겠다고 영웅담처럼 들려주길 바랐다.

그러나 내 기대는 덧없이 사그라졌다. 비로 얼룩진 유리창 너머로 아내와 비슷한 사람이 지나갔기 때문이다. 남자가 옆에서 팔을 두르고 있었다. 입고 있는 옷과 걸음걸이도 꿈에서 본 것과 일치했다. 딱 한 가지, 쓰고 있는 우산만은 달랐다. 무늬 없는 갈색 우산. 우리 집엔 없는 디자인이었다.

미래는 달라지지 않았다. 어제와 같은 일이 반복되고 있었다. 절망할 겨를도 없이 나는 자리에서 일어나 그들을 따라갔다. 우산은 카페 안에 둔 채 비를 맞고 바짓단을 물들이며 걸어갔다. 두 사람은 내가 알던 건물에 들어갔다. 그리고 한참 동안 나오지 않았다. 달라진 건 우산뿐, 모두 내 기억과 똑같이 흘러갔다.

벌어질 일을 미리 알았다고 해서 충격이 완화되진 않는다. 머리가 아플 줄 알면서도 마시는 폭탄주처럼.

아내는 밤 10시가 지나서 집에 돌아왔다. 불 꺼진 방에 앉아 있는 나를 보고 왜 그러고 있냐고 물었지만 나는 대답하지 않았다. 옆에 있던 사람이 누군지도,

왜 나를 배신했는지도 묻지 않았다. 그저 한 손에 베란다에 처박아두었던 아령을 꾹 쥐고 들고 있다가, 아내가 불을 켜려고 등을 돌린 사이 재빨리 달려들어 휘둘렀다. 퍽 하고 깨지는 소리가 났다. 쓰러진 아내의 위에 올라타 몇 번이고 다시 내리쳤다. 얼굴이 납작하게 뭉개졌다. 아내는 금세 숨을 거두었다.

피범벅이 된 아령을 아무렇게나 집어던졌다. 쿵 하고 바닥이 울렸지만 나는 개의치 않았다. 아래층에서 사람이 올라온다고 해도, 그래서 내 범죄가 발각된다고 해도 상관하지 않았다. 아내를 기다리는 동안 몇 번이나 생각해서 내린 결론이었다. 나는 내 운명을 받아들이기로 했다. 나는 원래 아내를 죽일 팔자던 것이다. 배신당하고 이용당할 팔자였다. 그렇게 생각하기로 했다.

쓰러지듯 침대 매트리스에 등을 기댔다. 입을 아 벌리고 거실 불빛이 들이치는 어둑한 방 천장을 올려다보았다. 머리를 내리칠 때 튄 핏방울이 천장에 드문드문 무늬를 그리고 있었다. 그때 주머니가 울렸다. 메시지가 왔다. 아무 말도 없이 저녁 약속을 파투 낸 나를 질책하는 내용이었다. 아무렴 상관없었다. 핸드폰을 껐다. 이제 앞으로 외식할 일은 두 번 다시 없지 않을까. 그런 생각을 하자 마음 한구석이 걷잡을 수 없이 아려왔다.

두 번째 6월 24일도 그렇게 끝이 났다.

〔 **3** 〕

다음 날.

인기척에 눈을 떴다. 아내가 화장대 앞에 앉아 있었다. 거울을 보며 루주를 바르고 있었다. 핸드폰을 찾아 확인했다. 6월 24일. 또 하루가 반복되고 있었다.

그제야 이 모든 게 꿈이 아니라 지독한 타임 루프였다는 사실을 알았다. 그러나 이것이 왜, 무슨 이유로 벌어지고 있는지는 알 수 없었다. 딱히 특별한 일을 한 적도 없고 낯선 사람을 만난 기억도 없다. 혹시 내 정신에 문제가 생긴 걸까. 그런 자각도 증세도 느껴지지 않았다.

이와 비슷한 영화를 본 적이 있었다. 매사에 불평인

남자가 우연히 타임 루프에 갇히게 되고, 우여곡절을 겪은 끝에 인생의 진리를 깨닫고 나서야 비로소 다음 날에 도달할 수 있었다는 얘기. 그때만 해도 고루한 신파극을 한 편 본 것 같았는데 이제는 그 모든 게 공포로 다가왔다. 목숨이 무한인 게임 속에 갇힌 기분. 혹은 출구 없는 미지의 공간 안에 나 혼자 덜렁 남겨진 기분이었다.

아내는 아무것도 모르는 눈치였다. 우리가 다툰 일도, 내 손에 얻어맞아 죽었다는 사실도 모르는 것 같았다. 그저 외간 남자를 만나러 갈 생각에 싱글벙글이었다. 동료 작가를 만나러 간다면서 저 비싼 귀걸이는 왜 하는 걸까. 그간 안 보이던 사소한 진실들이 이제야 비로소 하나둘씩 눈에 들어왔다.

아내는 언제부터 나를 속여왔던 걸까. 착한 여자였다. 순박하고 욕심 없는 여자였다. 남을 깔볼 줄 모르고, 상처 주느니 상처받는 게 더 낫다고 생각하던 여자였다. 그랬던 여자가 어째서. 어째서 나를 배신한 걸까.

또 속이면서 얼마나 즐거웠을까. 아무것도 모르는 남편이 얼마나 멍청하고 무지해 보였을까. 불륜을 목격한 내 잘못일까. 왜 나는 그걸 보고 말았을까. 후회와 통한이 밀려든다.

눈을 뜨고서도 한참 동안 움직이지 않는 나를 보고 아내가 회사에 늦겠다며 출근 준비를 재촉했다. 그러나 나는 도저히 씻으러 갈 기분이 아니었다. 집안이 풍비박산 났는데 어찌 그럴 수 있겠는가. 아무것도 하기 싫었다. 아무것도 보기 싫었다. 그저 이대로 녹아들 듯 사라졌으면 싶었다. 아무것도 몰랐던 때로, 멍청하고 무지했던 때로 돌아가고 싶었다. 하지만 그럴 수 없었다. 이제는 아내의 뒷모습만 봐도 그때의 장면이 떠올랐다. 남자와 걸어가던 장면이 떠올랐다. 토막 난 살점과 으스러진 두개골이 떠올랐다. 그 모든 걸 없던 일로 하기에는 머릿속에 잔상이 너무나 선명하게 남아 있었다.

문득 두통이 느껴져 눈을 질끈 감았다. 신음을 흘리며 이불 속을 파고들자 아내가 걱정스럽다는 듯이 다가왔다. 그 가증스러운 태도에 경멸을 느꼈지만 몸에 힘이 들어가지 않았다. 아무래도 스트레스가 극에 달해 몸살이 온 모양이었다. 나는 온몸에 식은땀을 흘리며 이불을 잡아 쥔 손을 부들부들 떨었다.

그 이후로는 기억이 잘 나지 않는다. 자다 깨다를 몇 번이고 반복했던 것 같다. 꿈을 꾼 것 같기도 하고 환청을 들은 것 같기도 했다. 잠깐씩 든 기억으로 아내가 내 이마에 젖은 수건을 올려주는 장면이 떠올랐다. 설마 외출하지 않은 걸까. 외간 남자를 만나는 대신 병든 남편을 간호해주기로 한 걸까. 온몸이 사라진 기분이었다. 혼이 나갔든지 구름 속에 와 있든지 둘 중 하나라고 생각했다. 아무런 감각도 느껴지지 않았다. 어쩌면 아내가 몸살약을 먹었는지도 모르겠다.

그렇게 나는 다시 깊은 잠에 빠져들었다.

*

눈을 떴을 때 창밖은 벌써 어둑해져 있었다. 화장대 조명이 방 안을 연한 오렌지빛으로 물들이고, 손끝으로 가볍게 두드리는 듯한 빗소리가 머리 뒤쪽에서 자박하게 들려왔다.

별안간 말짱해진 기분이었다. 몸도 가볍고 두통도 느껴지지 않았다. 설마 하루 넘게 잠들었나 싶었지만 머리맡의 핸드폰을 확인하니 역시나 6월 24일, 오늘 날짜가 맞았다.

몸을 일으켜 문밖을 바라봤다. 부엌 식탁에 앉아 있는 아내의 모습이 보였다. 살짝 굽어진 등을 이쪽으로 향하고 불도 켜지 않은 채 뭔가를 보고 있었다. 목을 울려 인기척을 내자 아내가 움찔거리며 돌아봤다.

한 손엔 핸드폰이 들려 있었다. 일어났냐고, 몸은 좀 어떠냐고 물으며 종종걸음으로 다가왔다.

지금 내 앞에 있는 여자가 진짜 내 아내가 맞을까. 근심 어린 얼굴을 하고 상체를 살짝 굽힌 채 내 이마에 손을 대보고 있는 여자가 진짜 내가 알고 있는 아내가 맞을까. 연기하고 있다는 낌새는 느껴지지 않았다. 말투와 행동, 눈빛 하나하나에 나를 위하는 마음 씀씀이가 배어 있었다. 오늘 아침에 본 모습 그대로, 화장이 덜 발린 상태로 내 안위를 걱정해주고 있었다.

이런 여자가 나를 배신했다니 믿을 수가 없었다. 어쩌면 그 모든 게 지독한 악몽은 아니었을까. 이거야말로, 지금이야말로 진짜 현실이 아닐까. 분명 그럴 것이다. 몸살이 착각을 일으킨 것이다. 사실은 아무 일도 일어나지 않았다. 아내가 외출하지도, 아내를 살해하지도 않았다. 그럴 것이다. 분명 그럴 것이다.

기대와 불안이 뒤섞인 상태로 아내를 바라봤다. 아내는 일순 당황한 듯했지만 이내 미소를 짓고는 뭐라도 마시지 않겠냐고 물었다. 나는 물이 좋겠다고 대답했다. 아내는 그러면 속이 진정될 수 있도록 숭늉을 끓여오겠다고 말했다. 딱히 배는 고프지 않았지만 일상이라고 부를 만한 것은 뭐라도 하고 싶었기에 일단 고개를 끄덕였다.

부엌 불이 켜지고 식기가 서로 부딪쳤다. 이어서 물 쓰는 소리와 가스레인지 켜는 소리, 냉장고 문이 여닫히는 소리도 들려왔다. 나는 전날 과음한 사람처럼 침대에 멍하니 앉아 있었다. 사고회로가 완전히 먹통이 되어서 아무 생각도 나지 않았다.

겨우 정신이 든 것은 시끄럽게 울리는 핸드폰 진동 때문이었다. 손을 뻗어 핸드폰을 가져오자 메시지가 열 통이나 와 있었다. 무슨 일 있느냐고 걱정하는 내용이었다. 순간 오늘 회사에 나가지 않았다는 사실을 알았지만 아무래도 이 말은 그 일을 뜻하는 게 아닌 것 같았다. 약속을 어긴 것에 대한 힐난이 은근히 배어 있는 말투였다. 아, 그러고 보니 오늘 저녁에 약속이 있었지. 그 사실을 떠올린 순간, 방금 들은 핸드폰 진동 소리가 내 것이 아닐 수도 있겠다는 생각이 들었다. 이불 위에 올려둔 핸드폰이 그렇게 요란하게 울릴 리도 없고, 애초에 내가 받은 메시지는 방금 도착한 것들이 아니었다.

시선이 저절로 화장대로 이동했다. 화장대 끄트머리에 핸드폰이 올려져 있었다. 도라에몽이 그려진 하드케이스가 위를 보고 놓여 있었다. 아내 것이었다.

뭔가를 의식하기도 전에 몸이 저절로 움직였다. 침대에서 내려와 화장대로 다가갔다. 문밖으로 아내가 개수대에 신경 쓰고 있다는 사실을 확인하고선 조심히 핸드폰을 집어 들었다. 이전까지는 한 번도 아내의 핸드폰을 들여다본 적이 없었다. 부부 사이긴 해도 서로의 프라이드는 지켜주어야 한다고 믿었기 때문이다. 하지만 지금은 다르다. 꼭 확인해야 할 것이 있었다. 이것만 확인되면, 우리 사이에 아무런 문제가 없다는 것만 확인되면 두 번 다시 이런 비열한 짓은 하지 않을 것이다. 핸드폰 비밀번호는 이미 알고 있었다. 두려운 마음으로 잠금을 해제했다.

해제하자마자 메시지 창이 나타났다. 조금 전까지 대화를 주고받고 있었던 듯 화면을 켜자마자 읽음 표시가 사라졌다. 상대는 낯선 이름이었다. 프로필 사진은 해 진 어느 해안가. 말투와 어휘로 보건대 우리와 비슷한 연배임을 알 수 있었다.

눈알이 심장이라도 된 것처럼 쿵쾅쿵쾅 요동치기 시작했다. 시야가 어지럽게 흔들리고 핸드폰을 잡은 손도 덩달아 떨려왔다. 글씨를 읽기가 힘들었지만 그래도 대충 어떤 느낌으로 주고받은 대화인지는 알 수 있었다. '남편'이라는 단어와 '다음'이라는 기약으로 봤을 때, 오늘은 피치 못할 사정으로 만남을 미루지만 나중에 시간이 될 때 언제라도 다시 만날 수 있다는 기대가 메시지 안에 담겨 있었다. 역시 아내는 나 몰래 서방질을 하고 있던 것이다.

순간 힘이 풀려 핸드폰을 놓치고 말았다. 바닥을 구르는 핸드폰 소리를 듣고 아내가 뛰어왔다. 메시지 창이 띄워져 있는 핸드폰을 보고 아내의 얼굴이 새파랗게 질렸다. 이 남잔 누구냐고 물었다. 아내는 동료 작가라고 말했다. 사실 오늘 작가 모임이 있었는데 내가 아픈 바람에 참석하지 못했다고, 그래서 사과하던 참이었다고 둘러댔다. 목 아래가 움푹 들어가고 말이 점점 빨라졌다. 거짓말을 하고 있다는 것은 이미 벌써 알고 있었다.

나는 동료 작가와 잠자리도 하는 사이냐고 물었다. 아내는 기를 쓰고 아니라고 말했지만 내가 다 봤다며, 모텔 상호명과 구체적인 시간까지 말해주자 입을 다물었다. 말문이 막혔다기보단 무슨 뜻인지 모르겠다는 얼굴이었다. 당연했다. 아내는 실제로 그곳에 가지 않았기 때문이다. 하지만 오늘 내가 아프지 않았다면, 귀찮게 발목을 잡지 않았더라면 분명 내가 말한 대로 했을 것이다. 같은 하루를 반복해 살아오면서 내가 이 두

102

눈으로 똑똑히 보고 확인한 것이다.

내게 벌어진 일련의 사건들을 말해줬지만 아내는 믿지 않았다. 대체 그게 무슨 뚱딴지같은 소리냐며 오히려 화를 냈다. 어쩌면 당연한 일이었다. 나도 믿기지 않는 걸 아내가 믿어줄 리 없었다. 아무렴 상관없었다. 아내가 이해하지 못한다고 해서 내가 겪은 일이 모두 없던 일이 되는 건 아니니까.

더 이상 설명할 힘도, 화를 낼 기운도 남아 있지 않았다. 이게 운명이라면 어서 빨리 그 운명을 받아들이고 싶었다. 나는 주위를 살펴보며 아내를 살해할 물건을 찾았다. 타격은 가능하지만 숨통을 끊기엔 부족한 것들뿐이라 하는 수 없이 부엌에서 칼을 가져왔다. 아내는 생전 처음 보는 물건을 보듯 칼을 쳐다봤다. 당혹감에 몸이 얼어붙고 입에서는 말이 채 되지 못한 음성이 어버버 흘러나오고 있었다. 그러는 동안에 칼은 아내의 뱃가죽을 뚫고 들어갔다. 탱탱한 젤리를 젓가락으로 푹 찔러보는 듯한 감각이 칼자루 너머로 전해져왔다.

아내는 그 자리에 쓰러졌다. 바로 죽지는 않았지만 얼마 지나지 않아 숨이 끊길 거라는 걸 표정과 경련으로 알 수 있었다. 비명 지를 정신도 남아 있지 않은지 아내는 공벌레처럼 몸을 둥글게 말고 자신의 배에 박힌 칼 손잡이를 의미도 없이 잡았다 놓았다 했다.

그렇게 나는 아내를 세 번째 살해했다.

조용한 집 안에는 숭늉이 끓어오르는 소리만 보글보글 들려오고 있었다.

〔 **4** 〕

그 이후로도 6월 24일은 계속 반복됐다.

아침에 눈을 뜨면 아내는 화장대 앞에 앉아 있고 나는 그 모습을 지켜보며 피부가 타들어가는 듯한 살의를 느낀다. 배신감과 허무함에 온종일 시달리다 결국 충동을 참지 못하고 아내를 살해하고 만다. 그 과정을 언제까지고 되풀이하는 것이다.

아내를 일곱 번째 죽였을 때 함께 있던 남자의 정체를 알아냈다. 당연히 동료 작가는 아니었고, 집에서 멀지 않은 동에서 개인병원을 하고 있던 의사였다. 올 초에 채팅 앱을 통해 처음 만난 사이라고 했다. 재작년에 이혼하고 하나뿐인 딸과도 관계가 소홀해지자 외로움을 참지 못해 시작한 일이라고 했다.

남자의 사정을 이해하지 못하는 건 아니었다. 가정은 뒷전이고 언제나 사치와 유흥에만 빠져 살던 아내와 헤어졌는데, 어째서인지 양육권은 몽땅 여자가 가져가고 재산분할이라는 명목하에 가진 돈의 절반마저 빼앗겼으니 세상에 혼자 남겨진 기분이 들 만도 했다. 하지만 그렇다고 그것이 불륜의 이유가 되진 못한다. 아니, 백번 양보해서 유부녀와 내통할 수 있다고 쳐도 그 상대가 내 아내여선 곤란하다. 그 사실을 알려주며 나는 아내와 함께 남자의 숨통도 몇 번인가 같이 끊어놓았다.

그러나 내 정성이 무색하게 아내는 죽여도 죽여도 되살아났다. 두 번 다시 태어날 수 없도록 신체를 몇백 조각으로 갈기갈기 찢어놓아도 다음 날이 되면 아무렇지 않은 모습으로 내 앞에 앉아 있었다. 그 모습을 지켜보는 건 고통이었다. 아내를 믿었던 만큼, 안심하고 의지했던 만큼 고통은 배가 되어 나에게 돌아왔다.

물론 부부 관계를 개선해보려는 노력도 해봤다. 솔직히 말하면 어떻게 해서든 이 지옥 같은 반복에서 벗어나고 싶었다. 살인은 횟수가 거듭될수록 무감각해지고, 살의는 날이 갈수록 냉담해져갔다. 아내를 죽이는 데 더 이상 가책이 느껴지지도 않았다. 오히려 실력만 더 늘어갔다. 정신을 차리고 보니 나는 어느새 사람 죽이는 기계가 되어 있었다. 습관처럼 손을 움직이고 버릇처럼 뼈를 발랐다. 어차피 내일이면 모두 없던 일이 돼버리니 굳이 철두철미할 필요도 없었다.

이대론 안 되겠다 싶었다. 어쩌면 아내를 살해하는 행위 자체가 반복을 불러오는지도 몰랐다. 그래서 안 죽이고 버텨봤다. 아내가 밖에서 무슨 짓거리를 하고 다니는지 다 알면서도 모른 척하고 하루를 보내봤다. 부질없는 짓이었다. 그래도 다음 날만 되면 아내는 여지없이 화장대 앞에 앉아 있었다.

혹시 남자와 만나지 못하게 하면 어떨까. 연락도 하지 못하게 하고 생각도 하지 못하게 하면 타임 루프에서 벗어날 수 있지 않을까. 그런 생각으로 하루 종일 좁은 창고 안에 거꾸로 매달아놓기도 해봤다. 그래도 소용없었다. 깜빡 잠이 들고 나면 언제 그랬냐는 듯이 또 6월 24일로 돌아와 있었다.

잠을 자지 않고 버텨도 봤다. 아내가 만족할 수 있도록 이런저런 선물도 해줘 봤다. 모든 게 내 탓이라는 생각에 스스로 목숨도 끊어봤다. 그러나 바뀌는 건 아무것도 없었다. 아내는 여전히 남자를 만나러 나갔고 나는 그런 아내를 잔인하게 살해했다. 그야말로 생지옥이 따로 없었다.

벌써 열 번도 넘게 아내의 목을 그었다. 건물 옥상에서 밀어뜨리기도 하고 손발을 묶어 바닷물에 빠뜨리기도 했다. 펄펄 끓는 물에 죽을 때까지 담가놓거나 달리는 열차에 떠민 적도 여러 번이다. 두 연놈이 정사를 치르지 못하도록 아예 건물 전체를 불태운 적도 있었다. 하지만 그때뿐이었다. 일을 치르고 나면 언제나 그 이상의 슬픔이 몰려왔다. 처음 몇 번은 아내에게 복수할 기회가 주어졌다고 좋아했는데, 이제는 고통만이 남았다. 칼로 아내를 찌르면 구멍이 뚫리는 쪽은 오히려 내 가슴이었다. 지난 세월 동안 아내에게 행한 잘못과 무관심이 나를 옥죄어왔다. 아내가 부정을 저지른 건 혹시 나 때문이 아닐까. 내가 잘해주지 못해 그런 게 아닐까. 그런 자기반성이 하루에도 몇 번씩 고개를 쳐들고 나를 찔러왔다.

드디어 내가 미쳐버린 걸까. 타임 루프에 갇혀 살다 보니 머리가 어떻게 돼버린 걸까. 부정을 들킨 건 아내인데 왜 내가 죄책감을 느껴야 하지? 고민해봐도 답은 떠오르지 않았다.

어쩌면 내 가학성에 지쳤는지도 모르겠다. 무의미

한 하루와 내일이 없는 절망에 질렸는지도 모른다. 마음이 지치다 보니 살의도 옅어지고 화를 낼 의욕도 생기지 않았다. 죽여봐야 아무 소용이 없다는 걸, 오히려 아픈 쪽은 나라는 걸 이제는 너무나 잘 알고 있었다.

어느새 나는 아내를 용서하고 있었다. 아니, 처음부터 나는 누구를 용서할 위치에 있지도 않았다. 일이 이 지경이 된 건 모두 내 탓이란 생각이 들었다. 아내가 나를 배신하기 전에 내가 먼저 아내를 배신한 것이다. 무관심하고 무책임했다. 등한시하고 모른 척했다. 슬리퍼를 거꾸로 신고 나올 만큼 진심이었던 아내의 정성을 내가 무참히 짓밟았다. 아내를 외롭게 했다. 가정을 잃고 고독감에 몸부림치던 그 의사처럼, 아내도 우리 사이에 무언가를 상실하고 공허감에 허덕이고 있던 것이다.

이제는 아내를 이해할 수 있었다. 오죽했으면 그랬을까. 얼마나 힘이 들었으면 그랬을까. 외도를 들켰다는 것만으로 남편에게 살해당할 이유가 없는 여자다. 누구나 한 번쯤은 실수를 저지른다. 나라고 과연 아내에게 떳떳할 수 있을까?

비로소 나는 이 타임 루프의 진정한 목적을 깨우쳤다. 영화 속 주인공이 타임 루프에서 인생의 진리를 깨우쳤던 것처럼, 나는 결국 복수의 끝은 용서라는 사실을 배울 수 있었다. 만약 이 하루가 계속 반복되지 않았더라면 나는 과연 그 이치를 깨달을 수 있었을까. 아내를 용서할 수 있었을까.

그날 이후로 나는 더 이상 아내를 죽이지 않았다. 화장하는 아내를 원망하지도 않았다. 더 잘해주려고 노력했다. 외로움과 섭섭함이 느껴지지 않게, 지금 이 순간이 두 번 다시 돌아오지 않을 것처럼 표현하고 사랑했다.

마음속에 원망을 비우자 다시 일상이 찾아왔다. 일상에 적응되자 더 이상 하루가 괴롭지 않았다. 비록 나는 여전히 6월 24일 안에 머물러 있지만, 그 안에서 우리는 날로 가까워지고 있었다. 내가 몰랐던 아내를 배우고 아내를 실망시킨 지난날의 나를 반성할 수 있었다.

이제 아침마다 눈을 뜨면 아내를 원망하기보다는 아내가 좋아할 만한 말을 먼저 하게 된다. 아내가 좋아하는 곳에 데리고 가고, 먹고 싶은 것을 함께 나누어 먹는다. 그러면 아내는 내 앞에서 진심으로 기뻐한다. 물론 내가 안 보는 곳에서 외간 남자와 메시지를 주고받고 있는지도 모르지만, 이제 그런 건 내게 크게 중요한 일이 아니었다. 아내가 외롭지 않게 해주는 것. 슬퍼하지 않게 해주는 것. 그게 내가 할 일이었다.

그러던 어느 날, 아침에 눈을 뜨니 화장대 앞에 아내가 보이지 않았다. 아내는 내 품에 안겨 잠들어 있었다. 핸드폰을 찾아 확인했다. 6월 25일. 날이 바뀌어 있었다.

아내를 처음 죽인 지 꼬박 87일이 지나서였다.

〔 **5** 〕

그날 이후 또다시 타임 루프에 갇히는 일은 없었다.
평온한 일상이 계속됐다. 세상은 내가 저지른 만행을
기억하지 못했고, 아내는 내가 자신의 불륜을 알고 있
다는 사실을 모른다. 그거면 됐다. 나 혼자만 묻고 살
아가면 된다. 그러면 아무 문제 없을 것이다.

대체 어떤 연유로 타임 루프에서 벗어날 수 있었는
지는 알 수 없다. 단순히 때가 되어서 그런 걸 수도 있
고 어떤 해답을 찾았기 때문일 수도 있다. 내가 생각하
기엔, 아마도 아내를 용서했기 때문에 그런 게 아닐까
싶다. 그저 상황을 탈피하기 위한 용서가 아닌 마음
깊은 곳에서부터 우러나오는 진실한 용서. 그 깨달음

이 나를 다음 날로 인도한 게 아닐까 싶다.

물론 세상이 기억하지 못한다고 해서 내 머릿속의 잔상마저 사라지는 일은 없었다. 아직도 눈을 감으면 감긴 눈꺼풀 안으로 그날의 끔찍한 광경이 펼쳐진다. 아내의 비명과 쏟아지는 피 소리가 들린다. 이 또한 내가 감내해야 할 일이겠지. 평생 갚아야 할 죗값이라 생각하고 있다.

어쩌면 아내는 지금도 외도를 하고 있는지도 모른다. 그래도 할 수 없다. 단기간에 바뀔 거라고는 생각하지 않았다. 아내의 마음을 돌리기 위해선 내 마음부터 바뀌어야 한다는 사실을 배웠다. 노력하면 언젠간 돌아오지 않을까. 그런 희망으로 하루하루 살아가고 있다.

차가 막힌 탓에 평소보다 늦게 집에 도착했다. 현관 홀에서 엘리베이터를 기다리며 슬쩍 우편함을 쳐다보니 웬 등기 봉투 하나가 반으로 접혀 들어 있었다. 등기 올 일이 없는데 뭐지. 우산과 케이크를 한 손에 옮겨 잡으며 봉투를 꺼내 봤다. 봉투 겉면에는 이렇다 할 설명도 없이 '방종혁의 아내분께'라고만 적혀 있었다. 내 이름이었다.

……뭘까. 소인이 찍혀 있지 않은 걸로 봐선 정식

우편은 아닌 것 같았다. 누군가가 직접 우편함에 넣고 간 것이다. 아내 앞으로 온 우편이지만 내 이름이 적혀 있는 이상 확인해보지 않을 수 없었다. 나는 불안감을 느끼며 천천히 봉투 입구를 열어봤다. 그리고 내용물을 확인한 순간, 둔기로 얻어맞은 듯 눈 앞이 하얘졌다.

봉투 안에는 일반적인 크기의 사진이 여러 장 들어 있었다. 모두 내 사진이었다. 나체로 침대에 누워 있는 내 모습. 자는 걸 누군가가 몰래 찍은 것이다. 그 누군가가 누군지, 바로 떠올랐다. 같은 회사에 다니는 주아였다. 그녀 말곤 이런 짓을 꾸밀 사람이 없었다.

이제 그만 헤어지자는 말에 격분한 것일까.

아내 몰래 그녀와 내통한 지 2년이 넘었다. 하지만 일련의 사건을 겪은 후 불륜이 얼마나 큰 죄악인지 깨달았고, 그다음 날 바로 그녀에게 이별을 통보했다. 아무 군말 없이 헤어져줄 거라고는 생각하지 않았지만 설마 이런 짓까지 벌일 줄이야. 저녁 약속 한 번 깼다고 메시지를 수십 통 넘게 보내온 여자다. 진작에 입막음을 해뒀어야 했는데…… 후회해도 이미 늦었다.

그래도 불행 중 다행인 점은 이 봉투를 아내보다

내가 먼저 발견했다는 것이다. 우선 이 사진부터 처분하고 내일 회사에 가서 다시 잘 타일러보자. 끝까지 떼를 쓴다면 돈으로 회유하는 수밖에. 그것도 안 통하면 무력을 쓰는 방법도 있다. 감금이나 폭행, 고문을 해도 좋다. 그것도 안 먹히면 아예 죽여버리는 방법도 있다. 앞선 경험을 통해 살인과 시체유기에 관해선 이미 도가 튼 상태니까.

곧바로 지하 주차장으로 내려가 사진을 태웠다. 남은 재들은 빗자루로 쓸고 바닥에 남은 그을음은 발로 비며 없앴다. 그리고 아무 일도 없었다는 듯이 케이크와 와인병을 들고 집에 들어갔다. 아내는 저녁 준비를 하고 있는지 개수대에서 물 쓰는 소리가 들렸다. 다녀왔다고 말하자 얼른 옷 갈아입고 나오라고 했다. 이게 어떻게 찾은 평화인데, 그딴 집착녀 하나 때문에 망가질 순 없었다.

옷을 갈아입고 나왔는데도 아내는 여전히 개수대 앞에 서 있었다. 물소리에 섞여 뭔가 사각사각하고 갈리는 듯한 소리가 들려왔다. 케이크와 와인은 미리 사 간다고 말해두었기 때문에 딱히 놀랄 거리도 아니지만, 그래도 귀가한 남편을 한 번도 돌아보지 않는 것은 섭섭했다.

"뭐 하고 있길래 서방이 왔는데 쳐다보지도 않아?"

반쯤 농담 섞인 말을 하며 아내에게 다가갔다. 그제야 부엌 바닥이 온통 믹서기 천지라는 사실을 알 수 있었다. 얼핏 봐도 열 대가 넘어 보였다. 5구짜리 멀티탭만 세 개를 사용하고 있었다. 대체 이 많은 믹서기를 어디서 구해온 걸까. 뭐 하는 데 쓰려는 걸까. 물어봤다.

"여보, 이게 다 뭐야?"

아내는 마치 그 말을 기다리고 있었다는 듯이 천천히 몸을 돌렸다. 눈에 투명 고글을 쓰고 있었다. 고무장갑을 낀 손에는 손도끼가 들려 있었다. 어째서인지 앞치마도 천으로 된 게 아니라 방수용이었다. 꼭 도축장에 온 사람 같았다.

"아아, 이거?"

아내는 별일 아니라는 듯이 부엌을 둘러봤다. 도끼에 묻어 있던 물이 바닥으로 뚝뚝 떨어졌다. 싱크대에 네모난 숫돌이 보였다. 방금 전 사각사각하고 갈리는 소리는 아무래도 저 도끼날을 가는 소리였던 모양이다. 근데 부엌에서 도끼를 쓸 일이 뭐가 있을까. 나는 점점 내 얼굴이 굳어가는 것을 느낄 수 있었다.

"당신 주스 좀 만들어보려고. 이 정도면 될까 싶었

는데, 역시 좀 모자랄 것 같네."

"주스라니……. 이렇게나 많이? 대체 뭘 만들길래……. 그리고 옷차림은 또 그게 뭐고……."

그러자 아내는 누가 뒤에서 실로 잡아당긴 것처럼 천천히 입꼬리를 끌어올렸다.

"누가 당신 줄 거 만든대? 당신 말이야, 당신. 당신 주스 만들 거라고."

마치 도끼를 손가락처럼 사용하며 아내가 나를 가리켰다. 나는 아내의 말을 이해할 수 없었다. 아니, 어쩌면 문장 자체는 이해했는지 모르지만 도저히 합리적인 추론에 이르지 못했다. 나를 주스 만든다는 게 대체 무슨 뜻일까.

무심코 집 안을 둘러봤다. 3년 전 융자를 끼고 살짝 무리해서 산 우리 집. 방 두 개에 욕실 하나, 아이는 낳지 않을 거라며 실평수는 그리 넓지 않은 우리 집. 아늑한 우리 집. 우리 집. 그 집이 지금 생판 모르는 사람의 것처럼 불편하고 낯설게 느껴졌다.

왜일까? 왜 낯설게 느껴질까? 그래, 이 집에 응당 있어야 할 게 빠진 기분이다. 내 집이라고 느낄 만한 요소가 사라진 기분이다. 그게 뭘까. 뭐였을까. TV 소리? 아니다. 세탁기 소리? 아니다. 로봇 청소기의 존재? 아니, 아니다. 아내다. 아내가 없다. 이 집에는 지금 아내가 없다. 항상 웃는 얼굴로 나를 맞아주던 아내. 오늘은 뭐 힘든 일 없었냐고 물어봐주던 아내. 사랑하는 내 아내. 그 존재가 지금 이 집에 같이 살고 있지 않았다.

고개를 들자 웬 낯선 여자가 나를 보며 웃고 있었다. 감정이 결여된, 냉동 닭처럼 차가운 얼굴이 나를 보며 웃고 있었다. 손도끼를 든 채로 천천히 다가왔다. 피하고 싶은데 몸이 움직이지 않았다. 꼼짝도 할 수 없었다. 본능적인 공포, 원초적인 두려움이 내 발목을 붙잡고 놓아주지 않았다.

나는 그제야 이 모든 게 지독한 타임 루프의 연속이었다는 사실을 알 수 있었다. 이번에는 내 쪽이 아닌, 아내의 타임 루프에 내가 갇힌 셈이었다. 주아가 보낸 등기 봉투를 미리 숨겼다고 생각했지만 아니었다. 아내는 이미 알고 있었다. 모두 다 알고 있었기에 굳이 봉투를 꺼내 확인할 필요가 없었던 것이다.

오늘은 과연 몇 번째 하루일까. 그동안 나는 얼마나 많은 죽임을 당했을까. 오해라고 말하고 싶었다. 전부 오해라고, 이제부턴 달라질 거라고, 두 번 다시 같은 실수는 반복하지 않을 거라고 말하고 싶었다. 그러나

입에서는 음성이 채 되지 못한 말만 어버버 흘러나올
뿐이었다.

　나는 과연 아내에게 용서받을 수 있을까.

　그런 생각을 하는데 머리 위로 손도끼가 날아왔다.

달 때문에…

✦ 2024년 《푸른 달의 단편소설》(달꽃) 수록

잠이 오지 않아 침대에 누운 채로 올려다본 저 파란 달이 꼭 이번 시즌 새롭게 출시된 비비안 웨스트우드의 동전 지갑을 닮았다. 기존 라인과는 차별화된 색상과 디자인으로 출시 전부터 인스타 태그를 장악했던 그 제품. 그룹 '피앙세'의 멤버 지나가 음방에서 키링으로 착용하고 나와 각종 커뮤니티를 도배했던 그 제품. 이번 달 월급만 들어오면 무슨 일이 있어도 질러버리겠다고 다짐했던 바로 그 제품! 그 동전 지갑이 창밖 저 멀리서 유유히 나를 내려다보고 있던 것이다.

하. 지지난달 프라다 셔츠만 사지 않았어도 당장

에 질러버렸을 텐데. 이번 달 카드값이 그렇게나 많이 나올지는 꿈에도 상상하지 못했다. 생활비 아끼려고 일부러 다이어트까지 했었는데. 사고 싶은 거 안 사고, 먹고 싶은 거 다 참아가며 악착같이 버텨왔었는데. 그랬었는데……. 결국 또 마이너스 신세를 면치 못했다.

뭐, 통장 잔고야 어떻게든 메꿔 넣으면 된다. 다음 달 월급도 있고, 여차하면 주말에 알바라도 뛰면 되니까. 하지만 이래서야 동전 지갑은 구하지 못한다. 설마 직장에서 가불을 해줄 리도 없고, 대출 구멍도 모두 막혔다. 그렇다고 엄마에게 손을 벌리기엔 지난번 앙금이 남아 있다. 하나뿐인 딸에게 벌레만도 못하다고 한 것은 확실히 선을 넘은 발언이었다. 사과 받기 전까진 죽어도 먼저 연락하지 않겠다고 엄포를 놓고 나왔다. 그깟 돈 때문에 자존심을 굽히고 싶지 않았다. 연락해본들 선뜻 도움을 줄 것 같지도 않고, 또 잔소리만 늘어놓을 게 뻔하다.

어쩌지. 그냥 감기에 걸렸다고 하고 이번 모임은 참석하지 말까. 하지만 벌써 30만 원이나 되는 회비를 내고 말았는걸. 그 돈이면 치킨이 몇 마리고 담배가 몇 갑이야. 내가 낸 돈으로 그년들이 고상한 척 와

인잔을 흔들어 재낄 모습을 생각하면 뒤통수로 피가 다 몰리는 기분이다. 안 된다. 그 일만은 절대 막아야 한다.

그렇다고 지난번과 똑같은 옷차림으로 나갈 수는 없다. 프라다 셔츠야 아지 현역이니까 한두 번 정도는 더 우려먹어도 괜찮을지 몰라도, 액세서리에 변화가 없다면 그 여우 같은 것들이 분명 곱지 않은 시선으로 쳐다볼 것이다. 지난번 모임에서도 현주 그년이 내 구찌 지갑을 보고 뭐라고 하지 않았나.

"어머, 구찌잖아? 그거 우리 대학생 때 유행하던 거 아니니?"

그 말에 낄낄거리던 얼굴들이 아직도 눈 앞에 선하다. 마치 열등한 짐승을 쳐다보는 듯한 얼굴. 흰 와이셔츠에 튄 김치찌개 국물 따위를 쳐다보는 듯한 표정.

……휴. 이번에야말로 신상을 사서 복수해줄 기회라고 생각했었는데. 새로 산 에르메스 핸드백이랑 색감도 찰떡이라고 생각했었는데!

이게 다 동창회 때문이다. 그때 고등학교 동창회에 참석하지 않았더라면 그것들과 다시 어울릴 일도 없었을 텐데.

다들 내 소식을 궁금해한다는 말에 속아 어물쩍

참석했던 동창회는 그야말로 있는 척의 장이었다. 남자애들은 테이블 위에 저마다 몰고 다니는 자동차 키를 올려두었고, 여자애들은 브랜드가 잘 보일 수 있도록 품에 핸드백을 안고 있었다. 입으로는 겸손을 떨지만 눈으로는 빠르게 상대와 나의 계급을 나누어 갔다. 뉴스에서는 연일 경제 불황을 외치더니 어째서인지 대(大) 금성고 56회 졸업생들은 모두 성공한 사회인이 되어 있었다.

분명 개중에는 자기 형편에서 '0'을 하나 더 붙여서 말한 사람도 있을 것이다. 그중 한 명이 나였기 때문에 잘 알고 있다. 솔직해야지, 솔직해야지, 하면서도 누군가가 말을 걸어오면 대충 상대의 경제 수준에 맞춰서 저절로 거짓말이 튀어나오고 마는 것이다. 어차피 그날 이후로 계속 연락을 주고받을 마음도 없었고, 그 자리에서 괜히 작아 보이고 싶은 마음도 없었다.

거짓말은 대개 삶의 만족과 관련된 것이었다. 나는 지금 주민센터에서 사무 일을 보고 있는데, 원래는 이름만 들어도 다 아는 대기업에 입사했었지만 일이 적성에 맞지 않아 그만둔 뒤, 반쯤 재미 삼아 봤던 공무원 시험이 합격하는 바람에 지금까지 몸담고 있다. 당연히 봉급은 적지만 나는 기본적으로 돈보단 개인 시간을 중요하게 생각하는 타입이라 현재에 만족하며 살고 있다. 또 공무원이 아무리 박봉이라고 해도 각종 수당이 붙기 때문에 너희들이 생각하는 만큼 작진 않다. 적어도 한 달에 한 번 쇼핑할 정도의 여유는 된다. 쇼핑은 당연히 명품이며, 원래는 외제 차를 사려고 했지만 주민들 시선 때문에 하는 수 없이 전철을 이용하고 있다. 전에 다니던 회사에서 아직도 스카우트 제의가 들어오고 있는데 솔직히 말해 하루에도 몇 번씩 혹하는 마음이 생긴다. 그래도 나는 현재 이 일이 마음에 들고, 뭔가 보람된 일을 하는 것 같아서 뿌듯하기까지 하다. 역시 사람은 자기가 하고 싶은 일을 하며 사는 게 최고인 것 같다. 거짓말은 끊임없이 터져 나왔다.

사실은 대기업에 붙은 일도, 내 돈으로 명품을 산 일도 없었다. 명품은커녕 생활비까지 빠듯해서, 5분 거리에 있는 편의점 대신 멀리 떨어진 할인마트에 장을 보러 다닌다. 허구한 날 민원에 시달리고, 밀린 서류 업무 때문에 정시 퇴근은 손에 꼽을 정도다. 이딴 일이나 하려고 3년이나 공무원 시험에 매달렸나 싶다. 하지만 일을 그만둬버리면 당장에 공과금을 낼 수 없고, 경기 불황에 이직할 곳도 마땅찮다. 그게 내 솔직한 심정이었다.

그래도 그쯤에서 끝냈으면 아무 문제 없었을 텐데, 나는 결국 해선 안 될 말까지 하고 말았다.

"저기 있잖아, 우리 이렇게 다시 만난 것도 인연인데 한 달에 한 번씩 정기모임을 갖는 건 어떨까?"

말을 하다 보니 점점 거짓말에 심취했던 것 같다. 아니, 솔직히 말하면 나는 개인 시간이 많다는 걸 어필하고 싶었다. 워라밸이 보장된 삶, 너넨 꿈도 못 꾸지? 으스대고 자랑하고 싶었다. 내세울 게 그것밖에 없었던 것이다.

혹시나 OK 사인이 떨어지면 어쩌나 싶어서 모임 날짜를 화요일 저녁이라는 어중간한 시간으로 잡아놓긴 했다. 주말에는 다들 쉬어야 하니까 하는 명목이었지만 속으로는 제발 안 된다고 말해라, 안 된다고 말해라 하고 기도하고 있었다.

다행히 대부분의 친구가 거절 의사를 밝혀왔다. 결혼한 애들은 말할 것도 없고, 퇴근 시간이 어정쩡한 사람, 집이 먼 사람, 죽어도 매일 헬스를 다녀야겠다는 사람들이 그랬다. 나는 내심 아쉽다는 표정을 지으며 '뭐야, 다들 평일 저녁에 시간도 못 비우는 일개미들이었어?' 하는 눈으로 그들을 바라봤다. 그때만큼은 역대 연봉도 필요 없고 내가 그 자리에서 제일 잘 살고 있는 사람처럼 느껴졌다.

그랬다.

그랬는데.

"난 좋아."

한 여자애가 끼어들고부터 분위기가 이상해졌다. 쳐다보니 실내에서도 꿋꿋이 펜디 울코트를 걸치고 있던 년이었다. 은지라는 아이로, 고등학교 땐 별로 친하지 않았지만 사는 집이 가까워서 명절 때마다 오고 가며 인사를 나누었던 사이였다. 직업은 프리랜서 웹디. 벌이는 월 삼사백. 결혼은 뭐 하러 해서 하나뿐인 인생을 망치냐며 한 시간 동안 떠들어댔던 년이었다.

"그날 시간 비워놓지 뭐."

마치 그 애가 선구자라도 된다는 듯 여기저기서 '나도, 나도' 하는 소리가 들려왔다. 정신을 차려보니 총 여섯 명이 손을 들고 있었다. 나까지 해서 일곱 명. 모두 여자애들이었다.

"어머, 이렇게 보니까 우리 꼭 칠공주 같지 않니?"

그렇게 지껄였던 게 성희였던가. 이제는 기억도 나

지 않는다.

다음 주면 또 그 지긋지긋한 면상들을 마주 보고 밥을 먹어야 한다. 이번에는 도미 푸알레인지 뭔지를 처먹으러 간단다. 후식은 로즈힙 허브티. 인터넷에 검색해보니 무슨 차 하나에 만 오천 원이나 받아먹는다. 순 도둑놈들.

하지만 내색할 순 없다. 디저트 하나에도 셰프의 정성이 들어가기 때문에 이 정도 값어치는 응당 당연하다는 듯이 자약하게 행동해야 한다. 그래야 무시당하지 않는다.

모이면 또 지들 자랑밖에 안 한다. 아닌 척하며 새로 산 구두나 귀걸이를 선보인다. 하나당 칠만 원이나 하는 네일을 뽐내기 위해 일부러 테이블을 건반처럼 두드리거나 별로 건조하지도 않으면서 수시로 조말론 핸드크림을 덕지덕지 처바른다. 기죽지 않으려면 나도 뭔가를 보여줘야 하는데, 그러다가 예금은 한 달 만에 동나고, 카드빚이 늘어나고, 엄마랑 인연을 끊었으며, 배가 고파 이 시간까지 잠도 못 자는 신세가 되고 말았다.

휴, 인생.

괜히 짜증이 나서 발로 이불을 걷어찼다.

모든 게 저 달 때문이다. 저 달만 아니었어도 생각나지 않았을 텐데. 파란빛이 아니라 노란빛이었으면 생각나지 않았을 텐데. 오늘따라 저 달은 왜 파랗고 지랄. 하, 어쩔 거야, 내 비비안 웨스트우드. 어쩔 거냐고, 내 비비안 웨스트우드!

어떻게 방법이 없을까. 진짜 다음 달에 바로 갚을 수 있는데. 눈치 빠른 대학교 동창 년들은 슬금슬금 내 연락을 피하고 있고. 하는 수 없이 신용카드를 하나 더 만들어야 하나. 아, 이번엔 진짜 안 되는데.

잠깐만. 방법이 아예 없는 것도 아니잖아? 솔직해지자, 박선빈. 넌 처음부터 방법을 알고 있었잖아!

하지만…….

정말 그래도 될까?

실은 우리 동에 사람은 물론 은행까지 못 믿어서 돈은 꼭 현금으로 보관하고 있다는 별난 노인이 한 사람 살고 있었다. 거동이 불편하고 정신도 깜빡깜빡해서 센터에서도 특별관리 대상으로 유의 깊게 관찰하고 있는 노인인데, 지원사업 설명 때문에 나도 몇 번인가 직접 댁에 방문한 적이 있었다. 다행히 다른 노인들처럼 억지를 부리거나 처음부터 끝까지 책임져달라는 요구는 하지 않았지만, 정말로 정신이 오락가락하는지

갑자기 집에 꿍쳐둔 돈을 꺼내놓으며 이상한 부탁을 해왔다.

"이 돈 말이야, 자네들이 좀 맡아주지 않겠나? 나 자는 새에 자식놈이 홀랑 가져갈까 봐 아주 무서워 죽겠어!"

나는 그게 무슨 소리인가 싶어 당황했는데, 옆에 있던 선임 주무관은 한두 번 겪어본 일이 아닌지 태연스레 노인의 말을 받아쳤다.

"그러게, 아드님 모르게 어디 잘 숨겨두시라니까요."

"아 글쎄, 아무리 꼭꼭 숨겨놔도 귀신같이 찾아낸다니까!"

"정 불안하면 은행에 예금을 맡기시던가요."

"은행에는 도둑놈들밖에 없잖아! 그놈들 뭘 믿고 내 돈을 맡기나?"

"그럼 저희는 왜 믿으시는데요?"

"너넨 동사무소 놈들이잖아!"

대체 그게 무슨 상관이냐 싶었지만 주무관은 그저 잘 알아들었다는 듯이 가볍게 웃고 치웠다. 계속 말을 이어가봐야 득 될 게 없다고 판단했으리라.

집을 나와 센터로 향하면서 주무관은 나에게 노인의 집안 형편에 대해 자세히 말해주었다.

"10년 전에 부인과 사별하고 지금까지 쭉 혼자 살고 있어. 밑으로 자식놈이 하나 있는데, 어지간히 속을 썩이는 모양이야. 나이가 육십 가까이 되도록 제대로 된 일 한번 해본 적 없이 허구한 날 노름에 빠져 사는 것 같너라고. 부인 앞으로 들어놓은 보험금도 아들놈이 전부 채가버렸다는 모양이고."

그러면서 주무관은 누가 듣고 있기라도 하듯 짐짓 낮은 목소리로 이렇게 덧붙였다.

"주민들 사이에선 아무래도 우리가 노인을 신경 써야 한다고 생각하는 눈치야. 아니 우리가 무슨 자선단체야, 그런 일까지 신경 쓰게? 그러니까 너도 어디 가서 괜한 말 하지 말고 그건 우리 부서 담당이 아니라고 확실히 선을 그어. 알았지?"

나도 귀찮은 일에는 휘말리기 싫었으므로 바로 고개를 끄덕였다. 그러면서 정말 궁금했던 부분을 넌지시 물어보았다.

"근데요, 그 가지고 있다는 돈 말이에요, 다 해서 얼마나 될까요?"

"왜? 탐나?"

"아니요, 아니요. 그냥……, 봉투가 꽤 두꺼워 보여서요. 한 씨 할아버지, 지원금도 꽤 많이 받으시잖아요."

"그래봤자 몇 푼이겠지. 전에 듣기론 아내 보험금에서 얼마 빼놨다고 하던데? 보자, 금액이……. 아, 한 오백만 원 정도 된다고 했던가?"

"옛!? 오백만 원이요?"

"뭘 그렇게 놀라?"

"아, 아니요, 그게 아니라……."

"모르지, 또. 눈 앞에서 직접 세본 건 아니니까. 워낙에 정신이 오락가락하는 노인이잖아. 근데 이거, 어디 가서 함부로 말하면 안 된다? 누구는 지원금을 받았네 못 받았네 하는 말이 나올 수도 있으니까."

"예, 당연하죠……."

그때를 떠올리며 나는 누운 자세로 주먹을 꽉 말아쥐었다.

오백만 원. 주무관은 분명 그렇게 말했다. 모두 오만 원권이라고 가정하면 봉투에 든 지폐는 총 백 장. 두께로 가늠해보건대 거짓말인 것 같진 않았다.

무엇보다.

노인은 현재 그 돈을 누가 훔쳐 갈까 봐 전전긍긍하고 있다. 그 상대는 다름 아닌 본인의 아들. 그 아들놈은 동네에서도 유명한 놈팽이고, 이미 여러 번 부모 돈을 갈취한 이력도 있다. 다시 말해 그 돈을 슬쩍해

134

도 나는 의심받지 않는다…….

아니, 잠깐, 나 지금 무슨 생각을 하고 있는 거야? 정신 차려 박선빈! 그건 범죄야, 범죄라고!

나는 스킨을 찍어 바르듯 손바닥으로 뺨을 찰싹찰싹 때렸다. 남의 돈을 훔치다니 말도 안 된다.

하지만…….

이게 정말 범죄일까?

잠깐 빌렸다가 다음 달에 바로 갚으면 되잖아. 잠시 맡아놓는 것뿐이잖아. 주민들도 그랬잖아. 우리가 노인을 신경 써야 한다고. 주무관은 우리 부서 담당이 아니라고 했지만 그건 책임감 없는 말이다. 뻔히 도둑 맞을 걸 알고서도 모른 척하라고? 집에 금고가 있는 것도 아니고 옷장 서랍에 버젓이 돈이 들어 있는데? 아들이 그걸 못 찾아낼 리 없잖아. 내가 아니더라도 어차피 사라질 돈이잖아. 아니, 나는 훔치는 게 아니라 빌리는 것뿐이다. 다음 달에 바로 갚아줄 수도 있다. 어떻게 안 될까? 정 안 되면 백만 원만이라도. 정신도 오락가락한다면서 설마 매일 그 돈을 세보지는 않겠지. 그래, 않을 거야.

하.

한숨을 푹 내쉬고 다시 창밖을 올려다봤다. 시커먼

구름 뭉치가 달 표면을 더듬으며 꾸물꾸물 흘러가고 있었다. 지금 시각 3시 45분. 준비하고 집을 나서면 대충 4시. 노인 집까진 차로 5분. 걸어서 20분……

구름이 걷히자 시퍼렇다 못해 창백한 새벽빛이 얼굴로 와락 쏟아졌다. 밑동이 사라져 누운 달걀처럼 보이는 반달이 검은 하늘에 쓸쓸히 떠 있었다. 마치 구름을 따라가듯 왼쪽에서 오른쪽으로 슬금슬금 이동하고 있다. 어라, 달이 저렇게 움직일 수가 있나?

공교롭게도 달이 향하는 방향에 노인이 사는 동네가 있었다. 설마 저 달이 나한테 가도 된다고 말하는 건가? 괜찮아, 가도 돼. 이건 훔치는 게 아니라 맡아두는 것뿐이야. 그렇게 말하고 있는 건가? 혹시 이런 게 계시라는 걸까.

어쩌면 답은 처음부터 정해져 있었는지도 모른다. 오늘은 토요일. 내일은 출근하지 않는다. 밤을 새워도 상관없다는 뜻이다. 노인의 집 대문 열쇠는 우편함에 들어 있다. 노인이 자꾸만 열쇠를 잃어버려서 주무관이 알려준 방법이다. 설마 이런 동네에 도둑이 들겠어? 안일하게 생각했던 것이다.

좋아, 결심했다!

나는 침실에서 나와 얼른 운동복으로 갈아입었다.

검은 모자에 마스크까지 쓰니 누가 봐도 범죄자의 몰골이었다. 혹시나 수상한 사람으로 보이면 어쩌나 싶지만 동네 주민에게 얼굴을 들키는 것보다야 나았다.

운동화를 신고 밖으로 나왔다. 바람도 불지 않는데 몸은 으슬으슬 떨려왔다. 택시를 타기보단 긴장감도 덜 겸 걸어가기로 했다. 아니, 뛰어가기로 했다. 고요히 가라앉은 동네에 내가 내는 발소리만 요란하게 울려 퍼졌다.

얼마 뛰지도 않았는데 벌써 숨이 차고 땀이 났다. 운동 부족일까. 아니, 긴장감이 한계에 다다랐다는 징조였다. 역시 무모했다. 도둑질이라니, 그것도 남의 집 돈을 훔치다니, 내가 할 수 있을 리 없다. 바닥에 떨어진 동전 하나 줍는데도 몇 번이나 뒤를 돌아보고 나서야 허리를 숙이지 않나. 안 된다. 못 한다. 내가 할 수 있을 리 없다.

무슨 소릴 하는 거야! 마음 독하게 먹어, 박선빈! 못 하긴 왜 못해? 너더러 남의 집 담을 넘으라는 것도 아니고 비밀번호를 뚫으라는 것도 아니잖아. 그냥 열쇠로 문을 따고 들어가면 그걸로 끝. 이게 어려워?

하지만……, 그러다가 걸리면…….

걸려? 누구한테? 동네 주민한테? 뭐 네가 문 열고

들어가면 경보음이라도 울린다니? 어차피 노인들만 모여 사는 동네잖아. 이 시간까지 깨어 있을 사람이 몇이나 되겠어?

아니, 한 씨 할아버지 말이야…….

한 씨 할아버지? 아아, 그 깜빡깜빡한다는 노인네? 한번 잠들면 누가 업어가도 모른다고 하지 않았나? 자기 입으로 그랬잖아. 그래서 그 집 아들도 밤중에 몰래 왔다 간 거고.

하지만…….

됐어. 다른 건 아무것도 생각하지 마. 오직 동전 지갑만 생각하란 말이야. 언제까지 그 여우 같은 것들이 잘난 척하는 꼴만 볼래? 너도 으스대고 싶잖아. 자랑하고 싶잖아!

……정말 괜찮을까?

괜찮대두!

……그렇겠지?

그럼!

……그래, 이건 훔치는 게 아니라 빌리는 거야. 잠깐 쓰고 다시 갖다 놓을 거라고. 쫄지 말자, 박선빈! 쫄지 마!

나는 머리를 흔들어 잡념을 떨쳐냈다. 각오를 다졌

을 뿐인데 호흡이 훨씬 안정되고 발걸음도 가벼워진 기분이었다.

달리면서 핸드폰을 꺼내 봤다. 이제 4시 12분. 고개를 들자 어느새 동네 입구로 이어지는 돌계단이 저 멀리서부터 성큼성큼 다가오고 있었다.

계단에서부터는 천천히 걸어서 올라갔다. 숨이 차서 변장이고 뭐고 일단 마스크를 턱밑까지 내렸다. 눈알 안쪽이 쿡쿡 쑤시고 숨을 헐떡일 때마다 가로등 불빛이 커졌다 작아졌다 했다.

개발 제한 구역으로 지정된 동네답게 비슷한 모양의 낡은 주택들이 시야 양옆으로 비스듬하게 서 있었다. 어느 집에서 들리는 개 짖는 소리가 내 발소리를 지워주었다. 지붕과 지붕 사이로 보이는 새파란 달이 내 발밑을 비추며 천천히 따라오고 있었다.

드디어 노인의 집 대문 앞에 섰다. 원래는 녹슨 초록색 대문이었는데 어느 대학교에서 자원봉사를 나와 살구색으로 깔끔하게 칠해주고 간 것이다.

나는 슬쩍 뒤를 돌아본 뒤 호흡을 가다듬고 천천히 우편함으로 손을 찔러넣었다. 차가운 금속 감촉이 손끝에서 바로 느껴졌다. 열쇠는 고리도 없이 몸체만 덜렁 누워 있었다. 그대로 끄집어내 입으로 후후 분 다음 천천히 열쇠 구멍에 집어넣었다. 손목을 비틀자 텅 하는 소리와 함께 대문이 열렸다. 생각보다 소리가 커서 당황했는데, 다행히 개가 쉬지도 않고 짖어준 덕분에 안심하고 안으로 들어갈 수 있었다.

어둠에 잠긴 현관과 마당이 눈에 들어왔다. 마당 한 편에는 오랫동안 가꾸지 않은 화단이 쓰레기 더미가 된 채로 방치되어 있고, 고무대야와 장독대들이 실루엣만으로 그 존재감을 드러내고 있었다. 안방 창문에 붙여놓은 방풍지도 모르고 봤다면 그저 거대한 구멍이라고 생각이 들 만큼 빛이 들지 않았다. 아까까지 내 발밑을 비춰주던 달빛은 넓은 지붕에 가려져 현관문 언저리만 희붐하게 비추고 있을 뿐이었다.

낮에 왔을 때와 크게 바뀌지 않았지만 느낌은 백팔십도 달라져 있었다. 모두 하교하고 없는 학교 안에 나 홀로 들어와 있는 기분이랄까. 어쩐지 발을 들여선 안 된다는 느낌이 강하게 들었지만 나는 등 뒤로 문을 닫고 천천히 마당을 걸어갔다.

현관 앞에 서자 심장이 본격적으로 난동을 부리기 시작했다. 무릎이 덜덜 떨리고 귓속 혈관이 욱신욱신 아프도록 요동쳤다. 지금이라도 돌아가자는 생각이 일초에 수십 번씩 들었다. 하지만 나는 이를 악물고 버텼

다. 갓 완성된 유리 세공품을 다루듯 조심조심 현관
문 손잡이를 당겼다. 끼기긱 하는 소리와 함께 문이
열렸다. 열린 문틈으로 흙 묻은 신발이 보였다. 어째
서인지 그 아무것도 아닌 물건이 이건 꿈이 아니라
현실이라는 사실을 상기시켜 주었다. 하지만 돌아가
기엔 이미 늦었다. 나는 문 사이로 슬그머니 몸을 밀
어 넣었다.

신발을 벗고 바닥에 올라섰다. 현관을 기준으로
왼쪽이 거실, 오른쪽이 주방, 정면에는 화장실. 단순
한 구조라서 어둠 속에서도 금세 위치를 파악할 수
있었다. 노인이 생활하는 공간은 거실과 화장실 사이
에 있는 안방. 그곳에 옷장도 있었다.

오랫동안 환기를 하지 않았는지 집 안 전체에 쿰쿰
한 냄새가 가득했다. 거실 창문에 쳐둔 커튼도 전에
봤던 모습 그대로였다. TV 셋톱박스에서 깜빡거리고
있는 초록빛을 제외하면 집 안에 다른 불빛은 존재하
지 않았다.

검은 늪지대를 나아가듯 멈칫멈칫 발을 움직였다.
발바닥에 땀이 나는지 걸음을 내디딜 때마다 쩍쩍
달라붙는 소리가 들렸다. 평소라면 신경도 쓰지 않을
소리일 텐데 지금은 그 어떤 타악기보다 우렁차게 들

려왔다. 이럴 줄 알았으면 양말이라도 신고 올걸. 후회했다.

긴장감 때문에 자꾸만 속이 메슥거렸다. 침을 삼켜 눌러주지 않으면 금방이라도 위액이 역류할 것 같았다. 푸슈슈슈슈. 속이 진정될 때까지 거듭 호흡했다. ……괜찮아. 조금만 더. 조금만 더 노력하면 돼.

관절 하나하나를 조종한다는 생각으로 천천히 다리를 움직였다. 앞발을 바닥에 붙이고 이어서 뒷발을 바닥에서 뗀다. 뒷발을 바닥에 붙이고 앞발을 교차하여 뒤로 보낸다. 다시 앞발을 바닥에 붙이고 이어서 뒷발을…… 움직이려던 순간에 나는 동작을 멈췄다. 바로 옆에서 기척이 들려왔기 때문이다.

몸은 그대로 두고 고개만 움직여 옆을 바라봤다. 어둠에 잠긴 부엌 저편에서 키 큰 무언가가 나를 노려보고 있었다. 소리는 그곳에서 들려오고 있었다. 냉장고다. 냉장고 모터 소리가 요란하게 울려 퍼지고 있었다.

……쳇. 냉장고 따위가.

나는 입술을 꽉 깨물고 다시 걸음을 시작했다. 냉장고 모터 소리에 놀랐다는 사실에 자극받았는지 발걸음에 순간 망설임이 사라졌다. 나는 단숨에 안방

앞까지 이동해서 열린 문 너머에 누워 있는 노인을 확인했다. 노인은 낯선 이의 방문은 꿈에도 모르는 채 창문 쪽을 바라보고 꾸부정하게 돌아누워 있었다. 가슴까지 이불을 덮은 모습이 어둠 속에서 꼭 작은 고래의 사체처럼 보였다. 세상 모르게 자고 있으면 좋으련만, 코 고는 소리는 들려오지 않았다.

시선을 미끄러뜨려 노인의 발 아래쪽에 있는 옷장을 바라봤다. 자수가 새겨진 오래된 나무 옷장. 저 문 안에 내 비비안 웨스트우드가 들어 있을 터였다.

방 안도 거실과 마찬가지로 창에 전부 커튼이 드리워져 있어서 얼마간 어둠에 익숙해질 때까지 기다려야 했다. 마침내 옷장의 자수 무늬가 기억이 아닌 육안으로 확인 가능해졌을 때, 나는 천천히 방 안으로 발을 내디뎠다. 발소리가 나지 않도록 뒤꿈치를 들고 이동했다. 만에 하나 방바닥에 굴러다니는 잡동사니라도 밟아서 넘어지면 큰일이므로 한 걸음 한 걸음 신중하게 골라 움직여야 했다.

겨우겨우 옷장에 다다른 나는 다음 문제에 봉착했다는 사실을 깨달았다. 문 여는 소리는 둘째 치고, 옷장 문을 열려면 이불을 살짝 걷어내야 하는데 노인의 발을 건드리지 않고서는 불가능했다. 아무리 잠귀가 어둡다고는 하지만 또 모를 일이다. 만약 몸을 뒤척이기라도 해서 이상함을 감지하면, 그래서 고개를 들고 나를 발견하면, 그때는 어떡해야 하지? 뭐라고 말해야 하지? 꿈이라고 말해야 하나? 아니면 새로운 지원사업이 나와서 소개해드리려고 왔어요? 이 시간에? 설마, 그런 게 먹힐 리가.

이렇게 또 한 번 위기가 찾아왔다. 손이 사시나무 떨듯 떨리고 턱이 저절로 열리고 닫혔다. 이번에는 완전히 패닉에 빠져서, 허벅지에 힘을 주고 있지 않으면 금방이라도 주저앉을 것만 같았다.

여기까지 온 내가 믿기지 않았다. 미치지 않고서야 어떻게 이럴 수가 있지? 어제까지만 해도 나는 평범한 시민일 뿐이었는데. 민원과 서류 업무에 시달리는 평범한 공무원일 뿐이었는데. 어째서 남의 집에 들어올 생각을 한 거지?

이게 다 저 달 때문이다. 저 달이 가라고 꼬시지만 않았어도.

나는 커튼 너머로 들이치는 푸르스름한 새벽빛을 노려보았다. 하긴, 예로부터 달이 사람을 현혹한다는 말이 있었지. 늑대인간도 달을 보고 변신하잖나. 나도 뭔가에 홀린 듯 행동하고 말았다. 장난이 아니라

이건 정말 뒤가 없는 행동이었다. 걸리면 직장에서 잘리는 건 물론이고 실형을 살지도 모른다. 심지어 지역 공무원이 그랬으니 뉴스에 보도가 날 수도 있다. 공무원이니까 자체 징계로 끝나기를 바랄 수도 있겠지만 그건 어느 정도 급이 있는 사람들 얘기고, 나 같은 2년 차 핫바지 일개미 따위는 가차 없이 내쳐질 게 분명하다.

어쩌지? 너무 무섭다.

어떡하면 좋지?

어쩌다 일이 이렇게 됐지?

어쩌지? 어쩌지? 어쩌지?

어쩌긴 뭘 어째! 안 들키면 그만이잖아!

나는 입을 앙다물고 조심히 문손잡이를 잡아당겼다. 생각보다 소리가 크게 나지 않아서 다행이었다. 노인도 눈치채지 못한 듯 보였다. 돌아누운 자세 그대로 움직임이 없었다.

나는 노인의 발을 피해 조심조심 문 반대편으로 걸어가서 옷장 안을 살펴봤다. 두꺼운 겨울 외투들이 다닥다닥 붙어 있는 좌측 아래쪽에 세 칸짜리 서랍장이 자리하고 있었다. 나는 몸을 뒤로 물리고 닫혀 있던 왼쪽 문을 마저 개방했다. 하지만 역시 바닥에 깔아놓은 이불 끝에 걸려서 문은 절반 좀 안 되게 벌어졌다.
이래서야 서랍을 열지 못한다. 적어도 40도 정도는 더
벌어져야 가능할 것 같았다.

나는 그쯤에서 다시 호흡을 가다듬고 제자리에서
무릎만 굽혀 몸을 낮췄다. 오른손을 바닥에 댄 뒤 먼
지를 쓸 듯 천천히 이불을 밀어냈다. 등줄기로 땀이
흘러내렸다. 마치 아슬아슬하게 지탱하고 있는 모래
성의 깃발을 빼앗아 오는 것처럼 모든 신경이 손바닥
으로 집중되었다.

이불 끝이 손날에 밀리면서 이불과 바닥 사이에
틈이 생겼다. 방바닥의 미지근한 온기가 손가락에 전
해졌다. 오른손으로는 이불을 밀면서 왼손으로는 문
을 잡고 천천히 당겼다. 아직 공간에 여유가 생기려면
멀었다. 조금만 더. 조금만. 조금만 더.

자네 지금 뭐 하고 있나, 하는 말이 들리면 어쩌나
걱정했는데 다행히 문이 전부 개방될 때까지 노인은
깨지 않았다. 바닥을 밀던 손을 놓자, 다리를 걸치듯
이불이 턱하고 문에 부딪혔다.

나는 천천히 몸을 일으켜 이불을 타넘었다. 그리고
작게 한숨을 내쉬고 중간 서랍을 손으로 잡았다. 이
안에 오백만 원이 들어있다. 그 봉투만 가져가면 된

다. 그럼 두 번 다시 이곳에 올 일 없다. 원래는 다음 달에 바로 돌려줄 생각이었는데 미안하지만 그러기는 어려울 것 같다. 이 짓을 또 하느니 차라리 죄책감에 시달리는 게 더 낫다. 무서워서 이곳엔 두 번 다시 못 오겠다.

드르르륵. 드르르륵. 손에 힘을 주는 만큼 서랍이 당겨져 나왔다. 나는 침을 꼴깍 삼키고 상체를 앞으로 기울였다. 그러는 동안에도 수시로 뒤를 확인했다. 노인이 몸을 뒤척이는 순간 곧바로 방을 뛰쳐나갈 생각이었다. 들킬 바에야 그게 낫겠다 싶었다. 그러나 그런 일은 일어나지 않았다. 서랍이 전부 열리고, 그 안에 보란 듯이 넣어둔 두툼한 종이봉투를 꺼내 들 때까지도 노인은 눈치채지 못했다.

나는 구걸을 하는 듯한 어정쩡한 자세로 얼마간 봉투를 바라봤다. 어둠 속에서도 봉투의 하얀 겉면만은 확실히 도드라져 보였다. 원래의 쓰임새보다 훨씬 많은 내용물이 들어 있어서 그런지 봉투는 차마 입을 다물지 못하고 있었다. 오백만 원. 자그마치 오백만 원이 든 봉투다.

나는 떨리는 마음으로 봉투를 얼굴 앞으로 가져왔다. 그리고 벌어진 틈 사이로 빽빽이 들어 있는 지폐의

윗머리를 확인해보았다. 어두워서 색상만으로는 화폐 단위를 식별할 수 없었지만, 그렇게 생각해서인지 정말 오만 원권으로 보이는 것 같았다. 그래도 확실히 해 두기 위해 윗면에 있는 지폐 몇 장을 슬쩍 꺼내 보았다. 다 꺼내지는 못하고 지폐 아래에 적힌 숫자만 확인해볼 요량이었다.

커튼 틈을 파고든 시퍼런 달빛이 이 지폐가 정말 오만 원짜리임을 증명해주고 있었다.

욱!

나는 명치에 힘을 주고 터져 나오려는 환호를 간신히 참아냈다. 봉투에다 몇 번이나 입을 맞췄고, 그때마다 실소가 흘러나와 마스크를 다시 올려 써야 했다.

됐다. 해냈다. 해내고 말았다! 이 돈이면 동전 지갑은 물론 브로치도 하나 건질 수 있겠다. 돌려줄 필요가 아예 없다고 한다면 저렴한 라인의 미니 핸드백을 사는 것도 나쁘지 않겠다. 그래, 이 돈은 내가 먹는 게 맞다. 이 개고생을 해서 얻은 건데 다시 돌려주는 것도 이상하다. 죄송해요, 할아버지. 불우한 이웃 도왔다고 생각하세요! 나는 손바닥을 모아 잠든 노인을 향해 기도했다.

그러나 방심은 금물. 나는 평정심을 되찾고자 머릿

속으로 열까지 센 뒤 천천히 서랍을 밀어 닫았다. 옷장 안을 뒤져보면 금붙이 하나 정도야 더 나오지 않겠냐 싶었지만 욕심을 부리진 않았다. 왜냐하면 나는 도둑이 아니기 때문이다. 오늘은 피치 못할 사정으로 이런 짓을 저지르고 말았지만 나는 근본적으로 성실한 여자다. 열심히 공부해서 취직하고, 어려운 형편에도 공과금은 밀리지 않고 꼬박꼬박 납입했던 선량한 시민이다. 잡도둑과 같은 취급을 당해서야 자존심이 허락하지 않는다.

스스로 다독이며 나는 조심조심 옷장 문을 닫았다. 문에 붙어 있던 자석이 서로 맞물리며 찰칵하는 소리를 냈다. 지금까지 미동조차 보이지 않아서 그런지 이제는 딱히 당황하거나 하지도 않았다. 한번 잠들면 업어가도 모를 정도라는 노인의 말은 사실이었다. 이러니 집이 털릴 수밖에. 어쩐지 한심하면서도 안쓰러운 마음이 들었다.

문득 갈증이 일었다. 성공했다는 쾌감이 긴장감을 덜어주었는지 부엌에 가서 물이라도 한잔하고 갈까 하는 충동마저 들었다. 하지만 이내 생각을 고쳐먹고 돈 봉투를 품에 안았다. 물은 이 돈으로 얼마든지 사먹을 수 있다. 아니, 시원하게 캔 맥주를 마시는 것이 좋겠다. 이제까지는 몇 푼 안 되는 돈을 아끼느라 주야장천 필라이트만 사서 마셨지만 오늘은 수입 맥주로 가자. 호가든 아니면 기네스. 시원하게 한잔하고 바로 집으로 돌아가자.

이제는 완전히 눈에 익어버린 어둠을 능숙하게 헤쳐가며 걷고 있는데 어떤 형용할 수 없는 찝찝함이 자꾸만 가슴에 들러붙었다. 그것은 기묘한 불안감이었다. 아무리 잠귀가 어둡다고 하지만 어떻게 사람이 몸 한번 뒤척이지 않을 수가 있을까. 숨소리 한번 내지 않을 수가 있을까. 노인은 정말 자고 있는 게 맞을까.

혼자 살던 노인이 어느 날 갑자기 사망하는 경우는 그리 드문 일이 아니다. 급성 심근경색이나 뇌졸중, 심한 저혈당 등이 원인이 되어 짧은 시간 내에 의식을 잃고 사망하는 것이다. 시신은 보통 3주나 4주가 지나서야 발견되는데, 그때쯤엔 이미 부패가 상당히 진행되어 원형을 알아볼 수 없을 정도가 되고 만다. 이른바 고독사라 일컫는 죽음이다.

……혹시 이 노인도 벌써 사망한 게 아닐까.

괜한 오지랖인 걸 알면서도 도저히 확인해보지 않을 수 없었다. 어차피 들킬 염려가 없다고 한다면 확실히 해두는 편이 마음 편할 것이다. 그래, 별일 없을 것이다. 나는 결심을 굳히고 천천히 노인을 향해 다가 갔다.

돌아누운 노인의 옆모습을 바로 위에서 내려다봤 다. 마침 빛이 닿지 않는 곳에 머리가 놓여 있어 마치 복면을 쓰고 있는 것처럼 보였지만, 어렴풋한 실루엣 으로 노인이 양손을 기도하듯 모아 턱을 받치고 있다 는 것을 알 수 있었다. 확실히 숨은 쉬고 있었다. 가슴 까지 덮은 이불이 요란하지 않게 규칙적으로 오르내 리고 있었다. 살아 있는 것을 확인했으니 이만 돌아가 자. 그렇게 생각했다. 분명 그렇게 생각했다. 그런데 어 째서인지 내 무릎은 자꾸만 굽혀져 점점 아래로 내려 가고 있었다. 그늘진 노인의 얼굴에서 어떠한 위화감 을 발견했기 때문이다. 말로는 설명하기 힘든, 마치 존 재해선 안 될 것이 존재하고 있는 듯한 괴리감이 노인 의 얼굴 한 지점에 도사리고 있었다. 그게 뭔지 확인하 고 싶었다.

굽힌 무릎에 손을 얹고 천천히 허리를 내려갔다. 숨 을 멈추고 시선을 노인 얼굴 가까이 가져갔다. 그리고 눈이 마주쳤다. 노인의 검은자위가 자로 그은 듯 똑바 로 이쪽을 향하고 있었다. 분명 몸과 얼굴은 벽을 향해 있는데, 시커먼 검은자위만은 마치 눈꺼풀 뒤로 사라질 것처럼 잔뜩 힘이 들어가서 위를 쳐다보고 있었다. 나를 쳐다보고 있었다. 위화감의 정체는 다름 아닌 노인의 눈동자였던 것이다.

"엄마!"

나도 모르게 소리를 질렀다. 어정쩡한 자세에서 누가 가슴팍을 떠민 것처럼 힘 없이 뒤로 발라당 넘어졌다. 몸에 충격이 일었지만 통증은 느껴지지 않았다. 정신적인 공항이 온몸의 신경을 마비시킨 것 같았다. 뭐지? 노인은 자고 있던 게 아니었나? 잠귀가 어둡던 게 아니었나? 왜 깬 거지? 왜 일어난 거지? 왜 눈을 뜨고 있는 거지? 공포감에 시야가 급속도로 좁아지고 마스크가 들썩일 정도로 숨이 가빠졌다.

다음 순간, 노인의 어깨가 움직였다. 분명 조금 전까지만 해도 죽은 듯이 자고 있던 어깨가 어째서인지 지금 깨어나려고 하고 있었다. 팔꿈치를 바닥에 짚고, 허리를 뒤로 구부리며, 입으로는 아고고 다 죽어가는 신음을 흘리면서 노인이 일어나려고 하고 있었다. 그 모든 과정이 마치 저배속으로 재생시킨 영상처럼 느리게 보였다. 눈으로 보고 있으면서도 당최 무슨 일이 벌어지고 있는 건지 이해할 수 없었다. 뭐지? 노인은 자고 있던 게 아니었나? 잠귀가 어둡던 게 아니었나? 일어나면 어쩌지? 내 얼굴을 보면 어쩌지? 그다음은 어떡하지? 뭐라고 해야 하지? 짧은 순간 정말 오만 가지 생각이 다 들었다.

그냥 잘못했다고 빌할까? 살려달라고 말할까? 아들이 훔쳐갈지 모르니 잠시 맡아둔 거라고 말할까? 아니면 냅다 도망칠까? 돈이고 나발이고 일단 나부터 살고 볼까? 근데 내 얼굴을 봤으면? 내 목소리를 기억하면 어떡하지? 그땐 어떡하지? 진짜 어떡하지? 아씨, 어떡하지?

안 돼. 안 된다. 저 영감이 일어나선 안 된다. 절대 안 된다. 막아야 한다. 어떻게든 막아야 한다. 저 영감이 움직이기 전에, 행동하기 전에, 입을 열기 전에, 어떻게든 막아야 한다. 막아야 한다. 막아야 한다!

순간적으로 어떻게 그런 판단을 했는지 모르겠다. 정신을 차리고 보니 나는 어느새 궁지에 몰린 고양이처럼 날카로운 소리를 지르며 노인에게 달려들고 있었다. 반쯤 몸을 일으킨 노인의 목을 두 손으로 잡고, 체중을 실어 바닥에 찍어 눌렀다. 기습을 당해서인지 아니면 원래 그럴 만한 힘도 남아 있지 않아서인지, 노인은 이렇다 할 저항도 없이 무기력하게 내 밑에 깔렸다.

있는 힘껏 목을 졸랐다. 마치 이 손을 놓으면 노인의 머리가 펑 하고 터져버리기라도 할 것처럼 진짜 죽을힘을 다해 팔을 눌렀다. 호흡할 수단을 빼앗긴 노인은 내 몸 아래에서 미친 듯이 버둥거렸다. 이불을 발로 차고 손톱으로 팔을 긁었다. 실랑이를 벌이는 중에 그만 모자가 벗겨지고 말았지만 상관하지 않았다. 이렇게 된 이상 더더욱 살려둬선 안 된다고 생각했다. 확실히 죽여야 한다고 생각했다. 죽여야 한다. 죽여야 한다. 죽어! 죽어!

팔이 부들부들 떨릴 정도로 힘을 주고 있는데 한순간 잡은 손이 움푹 꺼진 듯한 느낌이 들었다. 뭔가 부러지는 소리가 들린 것도 같았다. 깜짝 놀라 손을 떼자, 노인은 어느새 몸부림을 멈추고 물 밖에 내놓은 해조류처럼 온몸을 축 늘어뜨리고 있었다. 멈칫멈칫 손을 내밀어 노인의 입 주위에 갖다 대보았다. 역시, 숨이 느껴지지 않았다. 손가락에 전해지는 감각이 전혀 없었다. 노인은 죽었다. 확실히 죽었다. 지금 내 밑에 깔린 것은 사람이 아니라 시신이었다.

"꺄아아아아악!"

그 순간 날카로운 비명이 방 안 가득 울려 퍼졌다.

그 소리는 말할 것도 없이 내가 내보낸 소리였다. 나는 정신없이 소리를 내지르며 뒤로 슬금슬금 물러났다. 어둠 속에 노인이 목이 꺾인 채 누워 있었다. 좁은 어항에 수십 마리의 잉어를 풀어놓은 것처럼 눈알이 마구잡이로 흔들리며 금방이라도 밖으로 튀어나올 것 같았다.

주, 죽었다. 진짜로 죽었다. 진짜로 죽이고 말았다. 이제 어떡하지? 시, 신고를 해야 하나? 신고를 한다면 어디에? 112? 아니면 119? 아아, 어떡하지? 이를 어떡하지? 이를 어쩌면 좋지!

고개를 들자 커튼을 비추고 있던 파란빛이 어느 틈에 슬금슬금 물러나고 있었다. 벌써 바깥은 아침을 맞이할 준비를 하는 것이다. 파란빛은 곧 연하게 물들고 눈 깜짝할 새 붉은 기가 돌기 시작할 것이다. 어둠이 사라질 것이다.

도, 도망가자.

우선 이곳을 벗어나자.

그다음 일은 그다음에 생각하자.

겨우 생각이 미친 나는 모자와 돈 봉투를 집어 들고 정신없이 방을 뛰쳐나왔다. 빈혈이 온 것처럼 이마와 목덜미에 식은땀이 배어 들고 입술이 바짝바짝 타들어 갔다. 분명 다리는 앞을 향하고 있는데 이상하게 뒤로 가고 있는 느낌이었다. 바닥이 사라진 기분이었다.

신발에 발가락만 겨우 걸친 채로 현관을 빠져나왔다. 들어왔을 때와 마찬가지로 어둠은 여전히 마당에 도사리고 있었지만 하늘빛은 티가 날 정도로 연해졌다. 앞으로 30분 안에 날이 밝아올 것이다. 나는 핸드폰을 꺼내 확인할 생각은 못 하고 그저 눈에 보이는 대로만 시간을 가늠하고 있었다.

서둘러 마당을 지나 대문을 열었다. 밖에 나오고 나서야 꼴이 말이 아니라는 사실을 깨달았다. 서둘러 모자를 쓰고 운동복 바지춤에 돈 봉투를 찔러넣었다. 이미 나는 반쯤 정신이 나간 상태였다. 모든 행동이 머리를 앞지르고 있었다. 생각해서 행동한다기보단 행동해야 해서 행동한다는 식이었다. 살아남고자 하는 본능. 그 원초적인 명령이 없었더라면 나는 벌써 다리가 풀려 제자리에 주저앉았을지도 모른다.

얼른 집에 가고 싶었다. 집에 틀어박히고 싶었다. 그런데 내려가야 할 계단이 많았다. 이 떨리는 몸을 가지고 저 아래까지 무사히 건너갈 수 있을까. 쓰러지거나 헛디뎌서 계단을 구르지는 않을까. 저 많은 계단 수가 마치 지금의 내 상황을 대변해주는 것 같아서 나도 모르게 쓴웃음을 짓고 말았다.

괘, 괜찮다. 문제 될 것 없다. 나는 지금 시체를 봐서 놀란 것뿐이다. 누구에게 들킨 것도 아니고 흔적을 남긴 것도 아니다. 독거노인이 돌연사하는 경우는 이 동네에선 흔히 발생하는 일이다. 가족이 동의하지 않으면 부검도 하지 못할 것이고, 애초에 언제 죽어도 이상하지 않을 노인이었으니 유야무야 넘어갈 가능성이 더 크다. 그래, 나는 아무 짓도 하지 않았다. 오늘 이곳에 들린 일도 없고 내 방에서 세상모르게 자빠져 자고 있었을 뿐이다. 그래, 그런 거다. 나는 모른다. 아무것도 보지 못했다.

"뉘시유?"

마음속으로 몇 번이나 다짐을 하고 이제 겨우 한 걸음 내딛나 싶었는데 바로 등 뒤에서 그런 목소리가 날아왔다. 이런 곳에 누가 있을 거라고는 상상도 하지 못한 나는 소리를 빽 지르며 뒤를 돌아봤다. 웬 꾸부정한 노파가 나를 쳐다보고 있었다.

"……예?"

"뉘시냐고."

그러는 넌 누군데! 놀란 만큼 고함이 나올 뻔했지만, 나는 겨우 마음을 추스르고 최대한 침착한 목소리로 더듬더듬 대답했다.

"아, 저, 저기, 저는 여기 주민인데요……."

그렇게 말하면 대충 넘어갈 거로 생각했다. 그러나 노파는 이정표를 확인하듯 눈을 작게 뜨고 한참을 그곳에 서 있더니 앗, 하고 짤막한 소리를 내뱉었다.

"누군가 했더니, 동사무소 아가씨잖아?"

"에?"

아뿔싸! 심장이 목구멍을 때렸다. 모자랑 마스크까지 하고 있어서 못 알아볼 줄 알았는데 티가 난 모양이었다.

"나는 또 이 집에서 나오길래 한 씨네 아들내민 줄 알았지. 근데 암만 봐도 여자 같아서 이상하다고 생각했거든."

"아……, 그래요?"

뭐? 집에서 나오는 걸 봤다고? 미치겠네 진짜.

"근데 동사무소 아가씨가 이 시간에 웬일이래? 아참, 오늘은 일요일 아닌가?"

"예? 아아, 그렇긴 한데요……."

"응?"

노파는 한순간 눈을 크게 뜨더니 어느 한 지점을 가만히 응시했다. 그 시선은 다름 아닌 내 얼굴 중 어

158

딘가를 향하고 있었다. 뭔가 싶어 무심코 목을 문지르다 진성으로 욕을 내뱉을 뻔했다. 손에 피가 묻어나온 것이다. 아무래도 좀 전에 실랑이를 벌이다 노인의 손톱에 긁힌 모양이었다.

나는 어색하게 하하하 웃으며 서둘러 바지춤에 피를 닦았다. 그러곤 노파에게 들릴 듯이 "아이참, 여드름이 또 터졌네……." 하고 중얼거렸다.

노파는 내 손과 얼굴을 번갈아 보더니 눈썹을 가운데로 모았다. 좀처럼 이해가 되지 않는다는 얼굴이었다.

"안에서 뭔 일이 있었어?"

"예?"

"안에서 뭔 일이 있었냐고?"

"이, 일이요? 그게 무슨……."

노파는 대답 대신 살구색 대문을 힐끔 쳐다봤다. 완전히 이해하기까지 얼마간 시간이 소요됐다. 나는 당황해서 손사래를 쳤다.

"아, 아니요, 아니요. 아무 일도 없었는데요……."

"근데 왜 동사무소 아가씨가 한 씨 집에서 나와?"

"예? 아, 그건……."

하 미치겠네 진짜!

나는 자포자기한 심정으로 두 눈을 질끈 감았다. 달리 방법이 떠오르지 않았다. 이 집에서 나오는 걸 봤다면 나중에 노인의 시신이 발견됐을 때 십중팔구 내가 의심받게 된다. 경찰 조사라도 받게 되면 빼박이다. 새벽에 집을 나서는 모습이 CCTV에 찍혔을지도 모른다. 어쩌지. 여기서 내 인생은 종말을 맞이하고 마는 건가. 겨우 오백만 원 때문에, 그깟 오백만 원 때문에 무너지고 마는 건가. 안 돼. 안 된다. 내가 지금까지 어떻게 살아왔는데. 어떻게 버텨왔는데. 침착해라, 박선빈. 상대는 노인이야. 정 안 되면 힘으로라도……

어?

순간 눈이 번쩍 뜨였다.

그, 그래, 이거다. 이 노파만 사라지면 내 범행을 아는 사람은 이 세상에 아무도 없다. 완전범죄가 된다. 이딴 허름한 골목에 CCTV가 설치되어 있지 않다는 것은 지역 공무원인 내가 제일 잘 알고 있다. 그래, 이거다. 이 방법밖에 없다.

나는 의심의 눈초리로 쳐다보는 노파를 향해 멋쩍은 듯 웃어 보였다.

"아, 그게요, 실은요, 한 씨 할아버지가 부탁하셨거

든요. 밤중에 아들이 올지 모르니까 보초를 좀 서달라고요. 본인은 잠귀가 어두워서 잘 못 들으신다나?"

스스로 생각해도 어이없는 변명이었다. 이딴 거짓말이 통할 리 없었다. 그래도 어떻게든 상황만 모면하자 싶었다. 긴장감에 두 다리는 아까부터 한시도 가만히 있지 못하고 까딱까딱 움직이고 있었다.

"동사무소에서 그런 일도 해?"

"그, 그럼요. 한 씨 할아버지, 지원금이 꽤 많으셨잖아요? 지난 달엔 쌀이랑 라면도 받아 가시고. 그걸 홀랑 도둑맞으면 안 되니까."

"정말?"

"……네."

노파는 안 그래도 구겨진 인상을 더욱 잔뜩 찌푸리더니 한순간 얼굴을 바로 폈다. 그러고는 어이가 없다는 듯이 콧김을 흠 내뿜으며 혼잣말처럼 중얼거렸다.

"저 양반도 가만히 보면 참 별나다니까. 아무리 그래도 자기 집안일을 동사무소 사람을 시키면 되는가?"

"……에?"

"아 내 말이 틀려? 자기가 자식 간수를 잘못 해놓고 왜 엄한 사람한테 일을 떠맡기냔 말이야. 돈이야 훔쳐가든 말든 자기 사정이지. 안 그래?"

"아아, 네······. 그런가. 하하."

설마 그 말을 믿을 줄이야. 대체 이들에게 공무원은 어떤 존재란 말인가. 정말 주민센터에서 자기들 보초 업무까지 봐준다고 생각하는 건가. 어이가 없어서 말도 안 나왔다.

"저기, 한 씨네 말이야. 아무래도 치매인 것 같지 않어? 요즘 통 이상한 말만 하고, 영 수상하단 말이지. 전에는 안 그랬거든."

"······아 그래요?"

"그렇다니까. 하이고, 참. 사정이 딱하긴 하다만, 아무리 그래도 이건 아니지. 이 새벽에 동사무소 직원을 출근시키는 경우가 어디 있나, 그래?"

"아, 아니에요. 제가 좋아서 하는 일인데요, 뭐."

나는 마스크로 입을 가린 채 가식적인 눈웃음을 만들었다. 평소 민원에 시달리느라 표정 연기 하나만큼은 자신이 있었다.

"에이, 아무리 그래도 그런 건······."

"저기요, 할머니."

나는 더 길어지기 전에 얼른 노파의 말을 잘랐다.

"근데 어디 가는 길이세요, 이 새벽에?"

그러자 노파는 지금 막 떠올랐다는 듯 짧게 소리를

질렀다.

"아이고, 내 정신 좀 봐라. 얼른 가서 식당 문을 열어야 하는데. 아가씨는? 안 가?"

"저도……, 가야죠."

하지만 말을 하고서도 네가 아무런 움직임이 없자, 노파는 본인이 앞장서겠다는 듯이 천천히 계단을 내려가기 시작했다. 그 뒤를 한 칸 뒤에서 따라가면서 나는 잽싸게 등 뒤로 인기척을 살폈다. 아무도 없고 아무것도 들리지 않았다. 이 골목에는 지금 우리 두 사람밖에 없었다. 하려면 지금 해야 한다. 만약 이 기회를 놓치면 나는 평생 감옥에서 썩어야 한다. 지금 해야 한다. 지금밖에 없다. 눈 앞에 있는 노파의 굽은 등을 제외하고 세상의 모든 풍경이 까맣게 덧칠되어 갔다.

"아 참, 그때 말한 지원금 말이야……."

노파가 뒤를 돌아보며 그런 말을 꺼냈을 때, 내 손은 이미 노파의 어깨에 가 있었다. 카페 문을 열 때처럼 가볍게 손바닥을 밀자, 노파는 폐가 실룩인 듯 입으로 짧게 숨을 내뱉더니 선 자세 그대로 아래로 떨어졌다. 쿵쿵, 퍽. 머리와 어깨, 골반과 허벅지가 차례차례 콘크리트 모서리에 부딪혔다. 이따금 개의 그것처럼 낑낑대는 소리가 들려오기도 했지만 그 소리는 얼마 지나지 않아 바로 사라졌다. 이윽고 정적이 찾아온 뒤 머뭇머뭇 아래를 쳐다보자, 노파는 계단 저 밑에서 팔다리가 기묘하게 뒤틀린 모습으로 부들부들 몸을 떨고 있었다.

그대로 뒤로 돌아보지 않고 달렸다. 숨 쉬는 것도 잊고 계단을 두 칸씩 뛰어서 올라갔다. 집으로 가려면 노파가 있는 쪽으로 가야 했지만 그럴 수 없었다. 죽었는지 살았는지 확인할 여유도 없었다. 그저 빨리 이곳을 벗어나고 싶었다. 아무도 없는 곳으로 도망치고 싶었다. 이곳이 어디고, 어디로 향하는 길인지는 머릿속에 들어있지 않았다. 그냥 무작정 달렸다. 쉼 없이 달렸다. 큰길이 나올 때까지 다리를 멈추지 않았다.

그렇게 5분쯤 달려가자 어느새 반대편 큰길로 빠져나왔다. 이른 아침인데도 4차선 도로에 차가 많이 지나다녔다. 나는 그제야 안심하고 걸음을 멈출 수 있었다. 머릿속이 바늘로 찌르듯 아프고 마른 입에 침을 삼킬 때마다 자꾸만 헛구역질이 올라왔다. 당연히 노파의 모습은 어디에도 보이지 않았다.

고개를 들자 하늘빛이 밝았다. 핸드폰을 꺼내 확인

하니 벌써 4시 47분이었다. 원래 해가 저렇게 빨리 떴었나. 새벽에 겪은 일이 모두 거짓말처럼 느껴졌다.

노인이 할퀸 상처가 턱밑에서 욱신욱신 쑤셔왔다. 만져보니 손가락에 아까보다 더 많은 피가 묻어났다. 달리면서 상처가 벌어진 걸까. 도로 반대편에 편의점이 있어 횡단보도 앞으로 걸어갔다. 밴드도 살 겸 뭐라도 마시고 싶었다.

신호를 기다리며 바지춤에서 돈 봉투를 꺼냈다. 분명 조금 전까지만 해도 깃털처럼 가벼웠던 것이 지금은 벽돌처럼 무겁게 느껴졌다. 과연 이걸로 괜찮을까. 오늘 한 일이 오백만 원 이상의 가치를 지닌 일이었을까. 태어나 처음으로 도둑질을 했다. 그것도 부모님 지갑에 손을 댄 것도 아니고 친구 머리핀을 슬쩍한 것도 아닌, 남의 집에 무단으로 침입하여 돈을 훔쳐냈다. 살인은 또 어떠한가. 인간이 저지를 수 있는 가장 큰 죄악이 아니던가. 그걸 내가 저지르고 말았다. 하나도 아니고 둘씩이나. 세상에 설마 자신이 사람을 죽이게 될 거라고 상상이나 해본 인간이 몇이나 있을까.

돈 봉투를 잡은 손이 파르르 떨려왔다. 두 생명을 앗아간 이 손이 마치 내 것이 아닌 것처럼 제멋대로 떨려왔다. 진정해라, 진정해. 아무도 내가 한 짓을 모른다. 이건 하늘과 나만이 아는 비밀이다. 수치심과 죄책감, 뭐 이딴 것만 참아내면 어떻게든 감내할 수 있는 일이다. 누구에게나 말 못 할 비밀 한 가지씩은 다들 가지고 있지 않나. 나는 남들보다 조금 더 무거운 비밀을 가졌을 뿐이다. 그래, 그렇다. 나만 입 다물면 된다.

……뭔가 흔적을 남긴 건 아니겠지. 모자도 있고 돈 봉투도 있다. 마스크도 쓰고 있다. 양말은 원래부터 신지 않았다. 아, 머리카락? 머리카락이 떨어졌으면 어떡하지? TV에서 본 적이 있다. 범행 장소에서 발견된 머리카락으로 DNA 대조를 통해 범인을 유추할 수 있었다는. 아 어떡하지? 아씨 어떡하지? 아니, 아니다. 괜찮다. DNA 대조는 전과가 있는 사람하고만 할 수 있다고 들었다. 아닌가? 그건 지문이었나? 아 모르겠다. 내가 그 집을 한두 번 방문한 것도 아니고 그 머리카락이 오늘 떨어뜨렸다는 증거가 어디 있나. 정 불안하면 내일 다시 방문하면 된다. 뭐 사업 설명할 게 있다고 들어가서 아마 머리카락이 그때 떨어진 것 같다고 잡아떼면 된다. 아아 그렇지. 노인의 시체도 그때 발견하는 것이다. 내가 최초로 발견하면,

발견해서 놀란 척면, 그럼 날 의심하지 못하겠지. 그래, 그럴 거야.

　……괜찮다니까. 아무 일 없을 거야. 본 사람도 없고 증거도 없잖아. 노인은 그냥 고독사한 거야. 심부전 때문에 죽은 거야. 새벽에 느닷없이 심장이 멈춰서 고통에 몸부림치다 죽어버린 거야. 이불이 엉망인 것도 그 때문인 거야. 그래, 그런 거야.

　그럼 오백만 원은? 어디로 사라졌냐고? 그건 나도 모르지. 원래부터 정신이 오락가락하던 노인이었잖아. 어디 이상한 데다 숨겨놓고 까먹었겠지. 아아, 아니다. 그 아들놈 짓이다. 그래, 그 아들놈이다. 그 아들놈이 노인도 죽이고 돈도 가져갔다. 그놈 말곤 달리 생각나는 사람도 없잖아? 그래, 이거다. 노인은 아들이 죽였다. 고독사로 조용히 넘어가면 좋겠지만 그게 아니더라도 걱정할 것 없다. 경찰은 아들을 의심할 것이다.

　그럼 노파는? 노파는 어떡하지? 뭘 어째. 노파는 죽었잖아. CCTV도 없고 목격자도 없었잖아. 그 계단은 원래부터 가팔랐어. 계단 수도 많고 폭도 좁았다고. 노인네 하나 자빠지는 건 시간문제였잖아. 아 그래. 행정 실수는 인정할게. 근데 그건 개발 못 하게 막은 윗대가리들한테 가서 따져야지, 나한테 따질 게 아니라. 그래, 이건 그놈들이 죽인 거다. 낙후된 시설이 죽인 거다. 그놈들한테 따져라. 내가 죽인 게 아니다.

……근데, 노파는 정말 죽은 게 맞나? 확실히 확인해보지 않았잖아. 만약 살았으면 어떡하지? 에, 에이, 설마. 그렇게 세게 떨어졌는데 살아 있을 리가. 팔다리 부러진 거 봤잖아. 살았어도 분명 말을 하진 못할 거야. 최소 식물인간이지 않을까?

확실해? 확실하진 않지. 그럼 어떡하지? 아 이 등신아! 어쩌자고 그걸 확인 안 한 거야! 제대로 확인했어야지!

신호가 바뀐 횡단보도를 건너면서도 내 머릿속은 온갖 욕지거리로 가득했다. 지금이라도 가서 확인해봐야 하나? 죽었나 안 죽었나. 안 죽었으면 확실히 죽여놔야 하나? 아씨 어쩌지. 만약 살았으면 어쩌지. 노파는 내가 어디서 일하는지도 아는데. 내가 밀었다는 것도 알 텐데. 안 돼. 살았으면 안 돼. 절대 안 돼. 살았으면 안 돼.

그래, 집으로 가는 길에 슬쩍 확인해보자. 어차피 지나가는 길이니까. 모른 척하고 지나가면서 발로 툭

툭 건드려보자. 아니면 소리를 질러 구조를 요청할까? 그것도 괜찮겠다. 근데 이 시간에 여긴 왜 왔냐고 물어보면? 아니 뭐 운동하고 있었다고 말하면 되지. 잠이 안 와서 맥주 한잔하려고 했다 그래도 되고. 그래, 확실히 해두자. 확실히 해두는 편이 맞다. 편의점에서 맥주만 사서 바로 돌아가자. 돌아가서 확인해보자.

편의점 문을 열자 젊은 아르바이트생이 고개를 숙여 인사해왔다. 나는 인사에 대꾸해줄 기력도 없이 밴드를 고르고 곧장 주류 코너로 향했다. 마음 같아서는 소주를 들이켜고 필름이 끊겼으면 싶었지만 자제심을 발휘하여 캔 맥주로 골랐다.

직원이 바코드를 찍는 동안 멍하니 창밖을 바라봤다. 어느새 풍경은 완연한 아침이 되어 있었다. 불과 몇 분 차이가 나지도 않는데 세상이 한꺼번에 뒤바뀐 듯한 느낌이 들었다. 아침은 늘 힘들다고만 생각했었는데, 이렇게 보니 누군가에게는 기분 좋은 시간일 수도 있겠다는 생각이 들었다. 머리가 맑아지고 숨이 깨끗해지는. 만약 나도 그런 일을 겪지 않았다면 저랬을까.

"손님? 오천이백 원입니다."

"아아, 네."

직원의 말에 나는 고개를 바로 했다. 손에 든 봉투에서 지폐 한 장을 꺼내 직원에게 내밀었다. 나머지는 옷 밖으로 튀어나오든지 말든지 주머니에 대충 쑤셔 넣었다. 그러고는 맥주를 내 앞으로 끌어당기는데 직원이 웃으며 지폐를 도로 돌려주었다.

"저기, 손님. 이런 건 저희 가게에서 취급하지 않는데요."

이건 또 무슨 소린가 싶어 직원의 손을 내려다봤다. 그의 손에는 분명 오만 원짜리 지폐가 들려 있었다. 거스름돈이 없다는 말인가. 구멍가게도 아니고 편의점에서 이래도 되는 건가.

이미 반쯤 녹초가 된 탓에 대꾸할 힘조차 나지 않았다. 그럼 카드로 계산하면 되지 뭐, 하고 주머니를 뒤지는데 깜빡하고 지갑을 가져오지 않았다는 사실을 깨달았다. 그 순간 나도 모르게 짜증이 치밀었다. 안 그래도 되는 일이 없어서 죽겠는데 이놈은 왜 돈을 받지 않는 걸까. 돈이 있는데 왜 사질 못하게 하는 걸까. 눈빛으로 쏘아보며 따져댔다.

"아니, 그게 아니라요, 손님. 뭔가 착오가 있으신 것 같은데……"

"착오는 무슨 착오요!"

내가 악을 쓰며 달려들자 직원은 직접 확인해보라는 듯이 지폐를 가볍게 흔들었다. 나는 그의 손에서 낚아채듯 지폐를 뺏어왔다. 얼굴 앞에 두 손으로 펼쳐봤다. 분명 오만 원권이 맞았다. 색깔도 누리끼리하고 존경하는 신사임당 님도 떡하니 앉아 웃고 계셨다. 한국은행이라는 글자도 보이고 지폐 일련번호도 있었다. 아니, 잠깐만. 웃고 계셔? 신사임당 님이 원래 웃고 계셨나?

당황해서 고개를 쭉 내밀었다. 그러고 보니 이 지폐는 왜 이렇게 두꺼운 걸까. 지폐는 원래 얇아서 불빛이 비치면 반대편 글씨가 보이지 않나? 지폐에 부착된 홀로그램 띠는 왜 이렇게 까무잡잡한 걸까. 원래 빛의 각도에 따라 알록달록하게 모양이 변하지 않나? 근데 이 지폐는 왜 그대로일까. 왜 반짝이지 않는 걸까. 거짓말. 거짓말이다.

나는 봉투를 꺼내 지폐를 몽땅 살펴봤다. 손이 떨리는 바람에 지폐의 절반이 우수수 바닥으로 떨어졌다. 직원이 뭐라고 소리쳤지만 내 귀에는 아무것도 들려오지 않았다. 지폐 상단에 낯선 그림 하나가 눈에 들어왔다. 날개를 단 모습의 천사 캐릭터였다. 두

천사가 서로 양 끝에서 현수막을 잡고 있었다. 현수막에는 대문짝만 한 글씨로 '은행 놀이용'이라고 적혀 있었다.

순간, 어둠 속에서 나를 노려보던 노인의 눈동자가 떠올랐다. 노인은 왜 그때 잠에서 깼으면서도 인기척을 내지 않았을까. 도둑이 들어왔다는 걸 알면서도 왜 소리 내어 항의하지 않았을까. 혹시 일부러 돈 봉투를 가져가게 한 건 아니었을까. 이 돈이 가짜인 줄 알았으니까. 누가 돈 봉투를 가지러 올지 알았으니까.

— 아 글쎄, 아무리 꼭꼭 숨겨놔도 귀신같이 찾아낸다니까!

노인의 목소리가 귓전에 맴돌았다. 숨길 자신이 없다면 다른 걸 가져가게 하면 된다…….

나도 모르게 허, 하고 웃음을 터뜨렸다. 누가 손으로 잡아올린 것처럼 입꼬리 한쪽이 저절로 올라갔다. 폐에서 밖으로 계속해서 웃음을 올려보냈다. 나는 제자리에서 미친 듯이 웃어댔다.

힐끔 쳐다보니 편의점의 유리창으로 붉은 빛줄기 하나가 들이치고 있었다. 더 이상 풍경에 새벽빛은 존재하지 않았다. 나에게 가라고 손짓하던 푸른 달도, 비밀을 공유하던 그림자도 보이지 않았다. 그곳엔 너무나 밝은 진실 하나만이 떠올라 있을 뿐이었다.

하 씨발······.

나 이제 어떡하지?

머리

"피."

쉬는 시간, 교실에서 난데없이 그런 말소리가 날아
들었다. 나는 읽고 있던 괴기 소설에서 눈을 떼고 뒤
를 돌아보았다. 같은 반 친구인 S가 무표정한 얼굴로
서 있었다.

원래부터 말수가 적고 어딘가 음침한 분위기를 풍
겨서 S에게는 친구랄 게 없었다. 그런 S가 말을 걸다
니, 나는 적잖이 당황했다.

S는 감정이 담기지 않은 넓적한 두 눈으로 내 책상
어딘가를 가만히 응시하고 있었다.

"뭐라고?"

"피."

물어보자마자 똑같은 대답이 돌아왔다. 마치 마네킹이 말을 하는 것 같았다.

S의 시선을 따라가자 내 오른손에서 멈추었다. 소설책을 잡고 있는 두 번째 손가락에서 피가 흐르고 있었다. 페이지를 넘기다 종이에 벤 모양이었다. 그러고 보니 페이지 상단 부분이 붉게 물들었다. 나는 전혀 알아채지 못했었다.

"아."

베였다는 사실을 깨닫자마자 손가락에 알싸한 통증이 내달렸다. 나는 소설책을 내려놓고 피가 나는 손가락을 둥글게 말아 쥐었다. 손가락으로 순식간에 피가 몰리며 벌어진 틈으로 검붉은 액체가 동그랗게 맺혔다.

"머리가 알아차렸기 때문에 아픈 거야."

그때 S가 알아듣지 못할 말을 했다.

"뭐?"

"너, 분명 조금 전까지는 아프지 않았잖아."

S는 여전히 표정 없는 얼굴로 나를 내려다보고 있었다. 흘러나온 피가 책상으로 뚝뚝 떨어져 내렸다.

"머리가 알아차리지 못하면 어떤 통증도 느낄 수

없어. 사람의 팔을 단숨에 잘라내면 아무런 고통도 느껴지지 않는 것처럼."

"왜 고통이 안 느껴지는데? 팔이 잘리면 당연히 아프지."

S는 느릿하게 고개를 흔들었다.

"천천히 찢어내면 아프겠지. 하지만 한 방에 끊어내면 아프지 않을 수 있어. 너무 순식간에 일어난 일에는 머리가 미처 따라가질 못하거든. 뭐, 팔이 절단된 걸 눈치채자마자 곧바로 격통이 몰려올 테지만."

S는 대체 무슨 말이 하고 싶은 걸까. 나는 멍하니 S의 눈을 올려다봤다. 감정이 없는 S의 눈은 눈이라기보다 차가운 유리구슬처럼 느껴졌다.

"아무것도 보고, 듣고, 맡을 수 없는 공간이 존재한다면 아마 사람은 자신의 팔다리가 모두 잘린다고 해도 모를 거야."

"왜 내게 그런 말을 하는 건데?"

"죽이고 싶은 사람이 있다면 순식간에 해치우는 게 좋아. 가령……."

S는 말을 멈추고 시선을 미끄러뜨려 내 목덜미를 쳐다봤다.

"자고 있는 사이 목을 잘라내면 그 사람은 고통 없

이 죽을 수 있어."

"사람을 죽이다니, 내가 그럴 리가 없잖아……."

S의 보라색 입술이 무언가 말을 하려는 순간 수업 종이 울렸다. S는 얼마간 내 눈을 지그시 바라보다가 느릿하게 자리로 돌아갔다.

＊

그날 S는 어떻게 내 마음을 알아본 걸까.

나는 바들바들 몸을 떨고 있는 잠자리를 내려다보며 생각했다. 하굣길에 우연히 잡아 온 고추잠자리였다. 날개를 겹쳐 잡은 다음 검지로 튕겨내자, 잠자리의 머리는 옥수수 알처럼 너무도 쉽게 떨어져 나갔다. 자신의 머리가 없어진 줄도 모른 채 잠자리는 내 손바닥 위에서 오랫동안 다리를 움직였다.

— 머리가 알아차렸기 때문에 아픈 거야.

S는 분명히 그렇게 말했다.

— 한 방에 끊어내면 아프지 않을 수 있어.

나는 움직임이 멎은 잠자리의 몸통을 쓰레기통에 던진 뒤 손가락을 바라보았다. 종이에 베인 부분이 분홍색 실지렁이처럼 아물었다. 분명 S가 말해주기 전까지 나는 통증을 느끼지 못했다. S의 말은 사실일지도 모른다. 사람의 신체에 외압이 가해지면 가장 먼저 통각수용기가 반응한다. 통증을 통해 자신이 위험에 처해있다는 사실을 깨닫는 것이다. 위험이란 죽음이다. 모든 생물은 죽음에 대한 공포를 느낀다. 즉, 아픔은 죽음으로부터 도망치라는 신체의 경고신호인 셈이다.

그렇다면 머리가 죽음을 깨닫기 전에 죽이면 된다. 아프지 않게 죽이면 내가 느낄 죄악감도 반으로 줄어들지 않을까.

문득 시선이 느껴져 뒤를 돌아보았다. 커튼이 쳐진 어둑한 방구석에 동생이 세상모르게 잠들어 있었다. 이불을 덮은 배가 규칙적으로 오르내린다. 아무래도 시선을 느낀 건 내 착각이었던 모양이다.

동생이 누워 있는 매트 위로 파란색 방수포가 넓게 깔려 있다. 정리하기 쉽도록 방수포 위에 비닐 시트를 깔아두는 것도 잊지 않았다. 피가 어디로 튈지 모르기 때문에 벽면에도 꼼꼼히 시트를 발라두었다. 이제 목만 베면 된다. 아픔이 느껴지지 않도록 한 번에 잘라내야 한다. 동생은 꿈을 꾸듯 죽음을 맞이한다. 그거면 된다. 아파서 울거나 하면 그 기억이 평생 트라우마로 남을지도 모른다.

나는 언제부터 동생을 죽일 계획을 세워왔던 걸까.

중학교 2학년 때 부모님이 이혼했다. 당시 우리 집은 고함 소리와 뭔가가 깨지는 소리, 화장실에서 들려오는 어머니의 울음소리밖에 들리지 않았다. 부모님의 이혼 소식에 가장 기뻐했던 건 분명 나였으리라. 당연히 어머니와 둘이서 살아가는 날을 기대했다. 형편은 어렵겠지만 그건 어떻게든 된다는 믿음이 있었다. 그런데 어찌 된 일인지 나는 계속 이 집에 남게 되었다. 어느 날 학교에 다녀와보니 어머니 물건이 보이지 않았다. 나는 어머니에게 버림받은 것이다.

어머니에게 향했던 아버지의 폭력이 나에게로 옮겨왔다. 하루도 조용히 넘어가는 일이 없었다. 그러던 중에 낯선 여자가 집을 찾아왔다. 여자는 자신을 새엄마라고 소개하면서 슬그머니 배에 손을 올렸다. 헐렁한 원피스에 감싸진 여자의 배는 지구본처럼 빵빵하게 부풀어있었다.

두 달쯤 지나 동생이 태어났다. 아버지를 쏙 빼닮은 남자아이였다. 동생에게 시선이 빼앗긴 탓인지, 아니면 마음속에 새로운 다짐이 생긴 탓인지는 몰라도 그때부터 아버지는 내게 손을 대지 않게 되었다. 이유야 어찌 됐건 바람직한 일이었기 때문에 불만은 없었다.

대신 다른 문제가 생겼다. 동생이 성장할수록 나는 이 집에서 철저하게 고립되어갔다.

어느 틈엔가 나를 귀찮아하는 인상을 받았다. 방이 두 개밖에 없었기 때문에 동생은 내 방에서 함께 지냈다. 새엄마는 웃으며 방에 들어왔다가 내 존재를 눈치채고는 얼굴에서 표정을 지웠다. 나만 빼고 셋이서 외식하러 나간 적도 많았다. 우연히 같은 식탁에 앉아 밥을 먹으면 보기 싫어 죽겠다는 듯이 고개를 돌렸다. 매일매일 폭탄을 끌어안고 살아가는 기분이었다.

동생은 어느새 두 발로 걸어 다니며 엉아, 엉아, 하고 말을 하기 시작했다. 그 동그란 눈을 바라보면서 나는 찌를 듯한 살의를 느꼈다. 이 녀석 때문이다. 이 녀석 때문에 내가 비참해졌다. 내가 누려야 할 행복을 이 녀석이 모두 빼앗아 갔다. 어머니가 집을 나간 이유도 이 녀석 때문이다. 너 때문이다. 너 때문이다. 너 때문이다.

나는 철물점에서 사 온 고기 써는 칼을 머리 위로 치켜든 채 동생의 자는 모습을 내려다봤다. 뱉어내는 숨소리가 유난히 크게 들렸다. 이대로 내리치면 동생은 죽는다. 아버지와 새엄마는 오늘 늦는다고 연락이 왔다. 밤늦게까지, 이 집에는 나와 동생밖에 없다.

"아프지 않게……, 죽여줄게."

한 방에 잘라내려면 있는 힘껏 내리쳐야 한다. 손잡이를 잡은 손에 저절로 힘이 들어갔다.

짧은 기합과 함께 팔을 내리려는 순간, 느닷없이 동생의 눈꺼풀이 확 열렸다. 나는 불의의 일격을 당한 것처럼 움직임을 뚝 멈춰 세웠다.

"……엉아, 뭐 해?"

동생의 검은자위가 스르륵 아래로 미끄러졌다. 시선이 내 어깨와 팔을 더듬으며 내려오다가 칼끝에서 오랫동안 머물렀다. 이윽고 뭔가를 알아차린 것처럼 동생의 얼굴이 심하게 일그러졌다.

"아!"

동생이 뭔가 말을 하려는 것과 동시에 내 팔이 움직였다. 칼날이 자로 그은 듯 정확히 동생의 하얀 목을 꿰뚫었다. 뿜어져 나온 피가 얼굴에 날아들고 벽면을 새빨갛게 물들였다. 실눈을 뜨고 바닥을 확인했다. 매트 위에 동생의 얼굴이 보이지 않았다. 동생의 얼굴은 데굴데굴 굴러 내 책상 아래에 있었다. 놀란 듯 눈을 크게 뜨고 가만히 나를 올려다보고 있었다.

된 걸까…….

됐다. 해냈다. 잠깐 위험할 뻔했지만 이 정도라면 괜

184

찮을 것이다. 동생은 편안하게 죽었다.

됐다. 해냈다.

긴장이 풀리면서 몸이 젖은 휴지 뭉치처럼 무거워졌다. 나는 천천히 칼을 들어 올렸다. 다행히 방수포가 뚫리진 않았다. 방수포가 뚫렸다면 매트를 버려야 했을지도 모른다. 그러면 동생이 갑자기 사라졌다는 거짓말을 할 수가 없다.

얼굴에 묻은 피를 닦아내기 위해 물티슈를 찾았다. 분명 방바닥 어딘가에 준비해뒀던 것 같은데 보이지 않았다. 혹시 매트 밑에 깔린 걸까. 무릎을 꿇고 방수포를 들어 올렸다. 바닥에 얼굴을 댄 채 눈을 움직이고 있는데 시야 끄트머리로 뭔가가 보였다. 뭔가 움직였다. 순간, 내 사고는 마비됐다.

목이 잘린 몸뚱어리가 느릿하게 몸을 일으키고 있었다. 아무렇지도 않게 무릎을 세우고, 그 위에 손바닥을 얹어 다리를 일으켰다. 그리고 무언가를 찾듯 가만히 방을 둘러봤다. 둘러본다는 것은 몸의 방향으로 알았다. 얼굴이 없는 동생은 방을 둘러볼 수가 없다.

동생이 이쪽으로 몸을 틀었다. 나를 찾는 걸까. 아니, 동생은 어째서 죽지 않은 걸까. 곧바로 머릿속에

S의 목소리가 떠올랐다.

— 너무 순식간에 일어난 일에는 머리가 미처 따라가질 못하거든.

순식간에 일어난 일.

동생은 지금 자신의 머리가 잘렸다는 사실을 깨닫지 못하고 있다. 목이 날아간 잠자리처럼, 자신에게 일어난 일을 전혀 눈치채지 못하고 있다.

"으아아……."

목구멍에서 날벌레의 날갯짓 소리가 들려왔다.

"아아아아아……."

동생이 한 걸음 다가왔다. 두 걸음째 발을 내딛는 순간, 비닐에 흩뿌려진 핏방울을 밟고 몸이 기우뚱 흔들렸다. 스케이트보드를 타듯 엉덩이를 쭉 내민 자세로 몸의 중심을 잡는다. 머리가 없다는 것만 빼면 너무나 자연스러운 모습이다.

피가 묻은 맨발로 쩌억쩌억 소리를 내며 동생이 걸어온다. 나는 뭔가에 몸이 붙들린 것처럼 고개조차 돌릴 수 없었다. 잘린 절단면이 눈에 보였다. 뭔가 말을 하는 것처럼 절단면의 구멍이 옴질옴질 움직였다.

동생이 두 손을 앞으로 뻗었다. 나는 딱딱하게 굳은 채 내 몸을 덮쳐오는 목 없는 시체를 황망히 바라보았다. 이제 곧 몸에 와서 닿는다. 동생의 손에 잡히고 만다. 잡힌다. 잡힌다. 잡힌다.

아버지와 새엄마는 오늘 늦는다고 했다.

밤늦게까지, 이 집에는 나와 동생밖에 없다.

수모 이야기

〔 **1** 〕

　때는 1331년 신미년(辛未年) 겨울, 원나라로 건너간 충숙왕을 대신하여 그의 아들 충혜왕이 왕위에 오른 지 어언 1년이 다 돼가던 해이다. 왕이란 자가 주색에 빠져 정사를 돌보지 아니하고, 친원 사대주의에 물든 권문세족의 횡포로 인해 농민들의 삶은 나날이 피폐해져 가던 때이기도 하다.

　고리대의 부당한 착취를 견디지 못한 백성들이 스스로 노비가 되거나 도적질을 일삼는 등 나라 정세가 말도 못 하게 혼란스럽던 때에 그 존재—이 글에선 아무개라는 뜻의 수모(誰某)라고 부르겠다—는 성주산 마루에서 조용히 태어났다.

수모를 맨 처음 발견한 것은 당시 석천 인근, 지금의 송내동에 살고 있던 한 농부한이었다. 그는 여름에는 농사를 짓고 겨울에는 남은 작물을 내다 팔며 근근이 먹고살던 인물이었는데, 그날도 시장 일을 마치고 집으로 돌아가던 길이었다.

산을 넘던 도중 해가 뉘엿뉘엿 지기 시작해 농부한은 걸음을 빨리했다. 당시 고려는 호환의 피해가 극심했던 터라 밤에 산을 넘는다는 것은 자살행위가 다름없었다. 더군다나 하늘에선 눈발까지 날렸기에 서두르지 않으면 꼼짝없이 산에 갇힐 판이었다.

될 수 있는 한 발을 재게 놀리며 허겁지겁 고개를 넘어가고 있는데 등 뒤에서 난데없이 울음소리가 들려왔다. 처음에는 산군이라 생각했다. 겨울 산에 소리를 낼 만한 것이 호랑이밖에 떠오르지 않았기 때문이다. 그러나 침을 꼴깍 삼키고 가만히 귀를 기울여보니 그것은 울음소리가 아니라 바람 소리였다. 이상한 일이었다. 산엔 눈발만 날릴 뿐 바람은 불어오지 않는데 어찌하여 이런 소리가 들려오는 걸까.

호기심이 동한 농부한은 소리가 나는 방향으로 조심히 다가가 보았다. 소리는 비탈 쪽에 엉겨 붙어 있던 마른 풀잎 사이에서 들려오고 있었다. 다가가 고개를

192

내밀어보니 눈밭에 웬 어린아이가 발가벗은 채 누워 있었다. 생김새가 무척이나 기이했다. 머리털은 하얗고 얼굴빛이 붉었다. 또한 온몸에 솜털이 그득하고, 특히 아래턱이 발달한 것이 꼭 설화에 나오는 요호(妖狐)를 떠올리게 했다. 그러나 팔다리를 보면 또 사람 같고, 무엇보다 아이에게는 짐승의 주둥이라고 부를 만한 것이 없었다. 그저 생김새가 흉측할 뿐이었다.

혹시 장애를 갖고 태어난 아이일까. 당시에는 그런 아이를 산과 들에 내다 버리는 일이 흔했다. 시대상이 그랬기에 딱히 놀라울 일도 아니었다. 그러나 아이가 이 추운 겨울날에 알몸으로 있으면서 용케 울지도 않고 가만히 하늘을 쳐다보며 입만 뻥끗하고 있는 것은 놀라웠다. 농부한이 들은 바람 소리는 바로 아이의 입에서 나오는 소리였다.

가엾다는 생각은 있었다. 그러나 아이를 살려야겠다는 마음은 없었다. 이렇게 태어난 아이는 데리고 가 봐야 얼마 살지도 못하고 죽을 것이고, 안 그래도 형편이 어려워 집집마다 입을 줄이고 있는 마당에 굳이 사서 고생할 필요가 없던 것이다.

그러나 농부한은 고민 끝에 아이를 집에 데려가기로 했다. 가만히 놔두면 자연히 얼어 죽거나 산군이 물어가줄 텐데 구태여 그런 선택을 한 이유는, 살아 있는 것을 못 본 척하여 훗날 화를 입진 않을까 하는 노파심 때문이었다.

아이는 낯선 사람의 품에 안겨서도 울지 않았다. 그저 이따금 바람 부는 소리를 낼 뿐이었다. 그것은 휭휭, 색색, 이상한 소리였다. 농부한은 그제야 아이가 청아(聽啞)인 것을 눈치챘다. 입 밖에 낼 수 있는 소리가 그런 소리밖에 없던 것이다.

입김으로 아이를 덥히면서 농부한은 서둘러 산길을 넘었다. 그의 집에는 이미 자식이 넷이나 있었기에 집사람이 어떻게 반응할지 무서웠다. 그러나 농부한은 아이가 금방 죽을 거라 생각했으므로 귀찮은 일에 휘말릴지언정 가세에 영향을 주진 않을 거로 판단했다.

그때까지만 해도 농부한은 훗날 이 아이가 자신의 아내를 잡아먹게 되리라고는 꿈에도 생각하지 못했다.

〔 **2** 〕

 농부한이 수모를 안고 왔을 때 그의 아내는 버럭 화를 냈다. 어찌 보면 당연한 일이었다. 딸린 식솔이 적은 것도 아니고, 무엇보다 아이의 용모가 끔찍했기 때문이다. 농부한은 버려진 아이를 못 본 척할 수 없어 일단 데리고 오긴 했지만 먹을 것을 나눠줄 아량은 없다며 아내를 달랬다. 바람 안 부는 곳에 잠시 눕혀놨다가 숨이 멎으면 뒷산으로 가 묻어줄 생각이라고 말했다. 그것만 해도 인간 된 도리는 다한 셈이니 나중에 액이 낄 염려는 없으리라. 그렇게 말하니 아내도 더 이상 불평하지 않았다.

 그러나 어찌 된 영문인지 수모는 며칠이 지나도록

죽지 않았다. 방구석에 내버려둔 채로 가만히 천장을 올려다보며 언제까지고 입을 뻐끔거리고 있었다. 그동안 젖은 천으로 입 주위를 몇 번 닦아주긴 했지만 먹을 것을 나눠준 적은 한 번도 없었다. 농부한 몰래 아내가 그럴 리도 없고, 아이들에게 물어봐도 고개만 내저을 뿐이었다.

이 아이는 정말 인간이 아닌 걸까. 아니, 설사 짐승이라 한들 열흘씩이나 먹지 않고 어찌 살 수 있단 말인가.

놀랄 점은 그뿐만이 아니었다. 수모는 다른 아이들보다 성장이 빨랐다. 그것도 월등히 빨랐다. 다음 날 혹여 죽었나 싶어 확인하려고 보면 분명 어제보다 머리털이 더 자란 듯한 느낌을 받았다. 팔다리도 길어지고 얼굴의 주름도 옅어진 것 같았다. 그 모습은 분명 일반 사람과는 달랐다. 허연 털이 온몸을 감싸듯 자라나서 마치 겨울날의 호랑이를 보는 듯했다.

"저 아이 좀 어떻게 해봐요!"

며칠이 지나 수모가 스스로 방을 기기 시작했을 때 아내가 말했다. 수모는 마치 비로소 개안한 사람처럼 좁은 방 이곳저곳을 열심히 쏘다니며 사물을 눈에 담고 있었다. 부쩍 자란 손톱이 벽과 바닥을 사정없이 긁어놓았다. 이불에 닿게 되면 반드시 찢어지므로 이부자리에 올라오지 못하도록 몇 번이나 주의를 주어야 했다.

아내는 수모를 부엌에 가서 재우든지 아니면 원래 있던 산에 도로 갖다놓으라고 말했다. 그러나 농부한은 탐탁지 않았다. 이 엄동설한에 밖에 내놓는다는 것은 내 손으로 직접 죽이는 것과 다름없다고 생각했기 때문이다.

날이 갈수록 자라나는 짐승 같은 몸뚱어리는 그 집의 계륵이나 다름없었다. 쌀을 축내진 않았으나 보기에 흉했고, 방도 좁아지거니와 혹여 아이들을 해치진 않을까 걱정됐다. 그렇다고 저 흉물스러운 놈을 밖에 데리고 다니며 일을 시키지도 못할 것이고, 집안일을 시키기에는 손이 너무 투박했다. 그나마 다행이라면 녀석이 어느 정도 말귀는 알아먹는다는 것인데, 잔소리하거나 역정을 내면 또 자기 미워하는 것은 어찌 알고 잔뜩 의기소침해져선 하던 일을 멈추고 방구석에 웅크리기 일쑤였다.

"차라리 저 아이를 시장에 내다 팔면 어떨까요?"

어느 날 아내가 말했다. 생긴 모습이 기이한데다 말을 할 줄 모르니 대충 미지의 생물로 둔갑해서 팔면 되지 않겠냐는 것이었다.

그럴싸한 제안이었다.

〔 **3** 〕

"설인(雪人)이요, 설인 팝니다! 날이면 날마다 오는 기회가 아닙니다. 기린(麒麟)이나 용처럼 전설 속에서나 존재하는 생물이 바로 이곳에 있습니다!"

농부한은 큰길에 돗자리를 깔고 앉아 지나가는 행인들을 향해 소리쳤다. 이윽고 몇 사람이 관심을 보이며 다가왔을 때, 농부한은 준비해온 말을 주저리주저리 떠들어댔다.

"제가 밤에 산을 넘고 있는데 말입니다, 아 글쎄 대호(大虎) 한 마리가 축 늘어져 죽어 있는 겁니다. 웬 놈이 저런 걸까 하고 다가가 보니 이놈, 바로 이놈이 그 옆에 같이 누워 있더라니까요. 입과 손에 피를 철

198

갑을 한 상태로 말이죠. 아무리 말 못 하는 짐승이라도 죽어가는 놈을 그냥 두고 볼 순 없어서 집으로 데리고 가 지극정성으로 보살폈더니 이렇게 자란 겁니다. 원래는 이것보다 훨씬 작았어요. 그 작은 몸으로 호랑이를 때려잡았다니까요. 이놈이 설인인 것은 나중에야 알았어요."

확실히 반응은 있었다. 수모가 움찔할 때마다 여기저기서 탄성이 터져 나왔고, 먹을 것을 가져와 건네는 사람도 있었다. 농부한이 설인은 먹지 않고도 살 수 있다고 말하자 사람들은 눈을 크게 떴다. 몸에 난 털은 죽을 때까지 계속 자라는데, 여인네의 머리카락처럼 가늘고 보드라워서 결코 엉키는 법이 없다고 알려주자 너도나도 수모를 만지고 싶어 했다.

하지만 기대와는 달리 좀체 사겠다는 사람은 나타나지 않았다. 다들 돗자리를 중심으로 빙 둘러서서 흥미진진하다는 듯 구경만 할 뿐이었다.

결국 빈손으로 돌아오자 아내가 기다렸다는 듯이 잔소리를 해댔다.

"아 안 팔리는 걸 나더러 어쩌란 말인가."

"당신은 정말 장사에 소질이 없군요. 사람들이 사 갈 생각은 않고 구경만 한다면 구경 값을 받으면 되잖아요?"

과연, 아내의 말이 맞았다. 나는 왜 그 생각을 못했을까. 농부한은 자신의 무지를 탓하며 다음 날 해가 뜨자마자 수모를 들쳐업고 다시 시장엘 나갔다.

"설인입니다! 설인 보고 가세요! 전설의 동물, 설인이 이곳에 있습니다!"

사람들이 호기심 어린 눈빛으로 다가오자 농부한은 얼른 보자기로 수모의 몸을 가렸다.

"요금을 낸 사람만 볼 수 있습니다. 속임수가 아니에요. 진짜 설인을 잡아 왔습니다."

처음에는 미적지근한 반응이었지만 결국에는 궁금증을 참지 못하고 하나둘씩 요금을 지불하기 시작했다. 요금을 낸 사람에 한하여 농부한은 뒤쪽 창고로 이동해 보자기로 감춰놨던 수모를 보게 했다. 수모는 하루가 다르게 성장하여 이제는 거의 일곱 살짜리 아이와 덩치가 비슷했다. 얼굴과 배를 제외한 모든 부위에서 털이 자라 마치 누더기를 덮어쓴 듯한 모습이었다. 조금만 더 자라면 털을 땅에 질질 끌고 다녀야 할지도 몰랐다.

가까이서 수모를 본 사람들은 놀라움을 금치 못했다. 마치 신령을 만난 것처럼 그 앞에서 넙죽 절을 하는 사람도 있었고, 눈이 뒤집어져 그 자리서 실신하는 사람도 있었다. 그 수가 대단했다. 한 해 농사지은 것보다 그날 하루에 벌어들인 돈이 더 많았다. 이제 부자가 되는 건 시간 문제라고 생각했다. 술도 퍼마시고 노름도 할 수 있겠다고 생각했다.

그러나 며칠 지나지 않아 문제가 발생했다. 사람들이 슬슬 지겨워하기 시작한 것이다. 분명 놀라운 몰골임에는 틀림없지만 멍하니 앉아 있기만 하고 울지도 않으니 영 재미가 없다는 말이었다.

하는 수 없이 농부한은 수모를 훈련시키기로 했다. 그즈음 해서는 수모를 완전히 짐승 취급하였는데, 그도 그럴 것이 두 발로 걷기보다 네 발을 편해했고, 밤에면 꼭 올빼미처럼 눈알에 빛이 깃들었기 때문이다.

농부한은 수모가 호랑이처럼 용맹하길 바랐다. 우렁차게 포효도 하고 개와 닭을 잡아먹길 원했다. 그래야 돈이 된다고 생각했다. 그러나 수모는 그 어떤 것도 하지 못했다. 개와 싸움을 붙이면 구석으로 숨기 바빴고, 아무리 해도 목구멍에서는 쉭쉭 바람 새는 소리밖에 나오지 않았다.

그날부터 매를 들기 시작했다. 어떻게든 구워삶으면 비명이라도 내지 않을까 싶어서였다. 그러나 수모는 소리 내지 않았다. 살이 터지고 피가 나도 악착같이 입을 다물었다. 오히려 몰골에 흉이 지면서 더욱 끔찍하게 변해갔다. 터진 살은 아물면서 딱딱해졌고, 그 위에 또 하얀 털이 덮이면서 몸집만 더 불려 갔다. 이대로 가다간 상품성을 해칠 것 같았다. 매질을 멈출 수밖에 없었다.

그렇다면 반대로 달래보면 어떨까. 그런 생각에 농부한은 시장에서 닭 한 마리를 사 왔다. 차마 아까워 닭을 삶아 먹지는 못하고 알을 낳으면 그걸 삶아 수모에게 먹일 생각이었다. 그런데 시장 일을 보고 돌아와 보니 닭이 목이 비틀어진 채 죽어 있었다. 자식놈들이 닭을 가지고 장난치다 그만 실수로 목을 부러뜨린 모양이었다. 이게 얼마짜린 줄 아냐며 눈물이 쏙 빠지게 혼을 내고 있자니 뒤에서 아내가 말했다.

"그런다고 죽은 것이 살아 돌아오는 것도 아니고, 음식을 버리면 천벌 받으니 상하기 전에 얼른 먹어 치우는 게 좋겠어요."

달리 방법이 없었다.

그날 저녁상에 삶은 닭이 올라왔다. 농부한과 장남이 다리를 나눠 잡고, 차남과 삼남이 사이좋게 가슴살을 차지했다. 아내는 살이 적은 날개를 뜯고, 막내딸은

모가지 뼈를 바르느라 여념이 없었다.

당연히 수모의 몫은 없었다. 어르기 위해 알을 먹인다고 했지, 귀한 고기를 내줄 생각은 없었다. 그래도 미안한 감은 있어서 먹는 동안에는 수모를 바깥에 잠시 내놓았다. 그리고 말끔히 발라먹은 뼈를 그러모아 이것이야말로 진짜배기라는 듯 갖다주었다.

"뼈는 귀한 것이니 남김없이 씹어 먹어야 한다."

농부한의 말에 수모는 고개를 끄덕였다. 그것이 그 집에서 수모가 처음으로 입에 넣은 음식이었다.

다음 날, 닭 소리가 요란하여 일찍 눈이 떠졌다. 그러나 그것은 있을 수 없는 일이었다. 왜냐하면 이웃에 닭 키우는 집이 없었기 때문이다. 혹시 죽은 닭이 살아왔나 싶어 얼른 몸을 일으키자, 문밖에서 아내의 비명이 들려왔다.

"저, 저, 저기, 저놈 좀 봐요!"

아내는 손가락으로 부엌을 가리키고 있었다. 그곳엔 수모가 있을 터였다. 더 이상 방에서 재울 수 없을 정도로 자라기도 했고, 사람들 보는 눈도 있어서 몰래 부엌에서 키운 지 한참이 지난 때였다.

뭔데 그리 호들갑인가 싶어 나가보니 수모가 부엌 한쪽에 웅크리고 있었다. 아마도 아내의 비명에 겁을

먹은 모양이었다. 쥐라도 나온 걸까. 그런 생각을 하는
데 다시 한번 닭 소리가 들렸다. 부엌에서 들렸다. 다
름 아닌 수모의 목구멍에서 들려오고 있었다.

"이, 이게 무슨……."

농부한은 아연하게 수모를 바라봤다. 그러나 정작
놀린 것은 수모 본인인 것 같았다. 어째서 이런 소리가
자신의 입을 통해 나오는 건지 모르겠다는 표정으로
눈이 똥그래져선 벽을 쳐다보고 있었다. 목청은 경련
이 인 듯 수시로 떨렸고, 그때마다 새된 닭 울음소리
가 부엌 안에 그득하니 울려 퍼졌다. 산군 같은 외형에
하찮기 그지없는 그 소리는 아무리 봐도 이치에 맞지
않았다.

"어, 어쩌면 어제 먹은 닭이 원인인지도……."

아내가 겁에 질려 말했다. 그렇게 생각할 수밖에 없
었다.

농부한은 그길로 도축업자를 찾아갔다. 당시 고려
는 불교의 영향으로 가축의 도축이 금지됐지만, 굶어
죽으나 맞아 죽으나 매한가지라며 불법으로 도축을 시
행하는 업자들이 몇몇 있었다.

업자에게 웃돈을 주고 받아온 잡고기를 수모에게
먹여보니 역시 먹인 대로 울음소리가 달라졌다. 개를

먹이면 개소리가 나고, 돌을 먹이면 돌소리가 나고, 새를 먹이면 새소리가 났다. 그것은 마치 얼구(嗢嘔)처럼 규칙도 없이 수모의 목구멍 안에 메아리쳤다. 그 모습을 지켜보기란 힘들었다. 기이하고 끔찍했다. 마치 녀석에게 잡아먹힌 짐승들이 배 속에서 절규하는 것처럼 보였다. 하지만 그런 한편으로 이를 이용하면 떼돈을 벌 수 있겠다는 생각도 있었다. 이유야 어찌 됐든 돈만 벌면 그만인 것이다. 옳거니. 농부한은 곧장 수모를 시장에 데리고 나갔다.

"설인, 설인이요! 짐승 소리를 흉내 내는 설인이 여기 있습니다!"

예상대로 장사는 성황을 이루었다. 시장 그 어느 가게보다 줄이 길게 늘어서서 그 끝이 눈에 뵈지 않을 정도였다. 농부한은 수모에게 날마다 고기를 다르게 먹였다. 먹이는 것은 뼈만 줘도 됐기에 살코기는 발라서 처자식과 나눠 먹었다.

날이 갈수록 단단해진 수모의 이빨은 짐승의 뼈도 남김없이 씹어 먹을 수 있었다. 용모는 거의 도깨비를 닮아가고 덩치도 산만 해져서, 오고 가는 길에 다리가 피곤해지면 수모의 등에 올라타 이동하기도 했다.

일이 잘 풀리기 시작하자 농부한은 슬슬 도적이 걱

정되기 시작했다. 혹여 한눈판 새 수모를 도둑맞진 않을까 겁이 났던 것이다. 감히 저 몰골을 보고 누가 덤벼들까 싶었지만, 시장에서 본 행인들이라면 수모가 사람을 해치지 않는다는 것을 알고 몰래 접근해올 수도 있었다.

그 뒤로 농부하은 시장에 나갈 때마다 따로 이불 보따리를 챙겨서 나갔다. 장사를 마치고 노름을 하거나 술 한잔하려고 할 때, 이불로 수모를 덮어 남들이 보지 못하도록 한 것이다. 도망가거나 꿈쩍거리면 매를 들겠다고 엄포를 놓자, 수모는 손가락 하나 까딱이지 않고 얌전히 이불 밑에서 농부하을 기다렸다.

기분이 좋아 흥청망청 술을 퍼마신 날이었다.

"얘야, 내 이제라도 네 이름을 지어주고 싶은데 뭐가 좋겠느냐?"

대답이라곤 짐승 소리밖에 낼 줄 모르는 수모에게 그런 시답잖은 농담을 해가며 산길을 오르고 있는데 저 앞에서 뭔가가 나타났다. 처음에는 바위가 서 있는 줄 알았다. 하지만 어둠에 떠올라 있는 샛노란 불빛 한 쌍과, 그르릉 그르릉 울리는 소리를 듣고 그것이 산군임을 알았다.

"히익!"

깜짝 놀란 농부한은 잽싸게 수모의 등 뒤로 몸을 숨겼다. 수모가 어떻게든 해주겠지 하는 마음에서였다. 실제로 수모는 산군 못지않은 몸집을 지녔고, 이빨과 발톱은 쇠갈고리처럼 단단하여 이기진 못할지언정 어느 정도 시간은 벌어줄 거라고 기대한 것이다.

하지만 다음 순간, 농부한의 머릿속에 제 목소리를 듣고도 놀라던 수모의 얼굴과 개와 싸움을 붙일 때마다 구석으로 몸을 숨기던 나약한 심성이 떠올랐다.

덩치만 컸지 아무것도 할 줄 모르는 놈이구나.

매섭게 달려오는 산군의 그림자를 바라보면서 농부한은 자조하듯 그렇게 중얼거렸다.

〔 **4** 〕

    남편이 왜 이렇게 늦나 싶어 밖엘 나가보니 마당에 수모가 서 있었다. 입에 뭔가 물고 있었다. 자세히 보니 달빛에 비친 그것은 팔다리가 전부 잘려 나간 남편의 몸뚱어리였다. 목에 간당간당하니 얼굴이라도 달려 있어서 그렇지, 안 그랬으면 제 남편인 줄도 몰라볼 법했다.

    충격을 받은 아내는 그 자리에 주저앉았다. 그리고 일언반구도 없이 멍청하게 서 있는 수모를 향해 원망하듯 욕지거리를 쏟아댔다. 어찌하여 주인을 문 것이냐고, 네놈은 거둬준 은혜도 모르는 거냐고 버러버러 악을 써가며 소리쳤다.

소란을 들은 이웃들이 집에 하나둘씩 모이기 시작했다. 사람들은 마당에 주저앉은 여인과 갈기갈기 찢어진 사내의 시체, 그리고 하얀 털로 뒤덮인 정체 모를 짐승을 넋 놓고 바라봤다. 농부한이 사람들 눈치에 어지간히 신경 썼던 덕분에 그들이 수모의 실물을 본 것은 그때가 처음이었다.

처음에는 귀신에게 당한 줄 알았다. 분명 수모는 그들에겐 생소한 짐승이었으니 도깨비 아니면 악귀라고밖에 생각할 수 없었다. 하지만 오열하는 틈틈이 들려오는 여인의 설명으로 그것이 산에서 주워 온 정체불명의 무엇이며, 버려진 것을 가엾이 여겨 이제껏 길러 주었으나 그 은혜를 저버리고 그만 주인을 뜯어 먹어 버렸다는 사실을 알 수 있었다.

당시 사람들에게 불효보다 더 큰 죄는 없었다. 수모의 흉측한 행색에는 분명 두려움을 느꼈지만, 길러준 정을 저버린 행위는 응당 죗값을 받아야 마땅했다. 사람들은 저마다 호미며, 고무래며, 생물을 해칠 수 있는 것들은 죄다 들고나와 수모를 위협했다. 하지만 누구 하나 선뜻 나서는 사람은 없었다. 겁이 났던 것이다. 그러는 동안에도 수모는 이렇다 할 반응도 없이 자신이 물고 온 사내의 시신을 가만히 내려다보고 있었다.

참다못한 촌장이 등 떠밀린 기세로 수모의 가슴팍에 갈퀴 바늘을 푹 찔러 넣었다. 수모가 아픔에 소리치자 웬 호랑이 울음이 마을 전체에 울려 퍼졌다. 그 천동 같은 소리에 사람들은 기겁했다. 설마 눈 앞에 있는 것이 산군일 줄은 꿈에도 생각지 못한 것이다.

"호, 호, 호랑이다!"

누군가가 소리치자 사람들은 혼비백산하여 달아났다. 귀신보다 호랑이가 더 무섭던 세상이다. 불효고 뭐고 간에 제 목숨보다 귀한 것은 없으니 일단 줄행랑치고 보는 것이 당연했다.

사람들이 떠나간 마당은 조용했다. 어느 틈에 잠에서 깬 자식놈들이 창호지에 구멍을 뚫고 빠끔히 밖을 내다보고 있었지만 소리는 내지 않았다.

농부한의 아내는 조금 전 소리를 듣고 어쩌면 남편을 죽인 게 수모가 아닐지도 모르겠다는 생각을 했다. 남편을 지키기 위해 싸운 것인지 아니면 스스로 보호하기 위해 나선 것인지, 아무튼 어떤 경위를 통해 호랑이의 살점이 수모의 입안에 들어갔고, 그 때문에 목소리가 바뀐 것임을 농부한의 아내는 알고 있었다. 하지만 가슴 안에 깃든 괘씸함은 쉬이 사라질 줄 몰랐다.

여인은 서리 가득한 눈으로 수모를 노려보며 모래알

을 잔뜩 움켜쥐는 듯한 목소리로 말했다.

"산으로 들어가 살거라. 이 집에 더 이상 네놈이 발 들일 곳은 없으니."

수모는 그게 무슨 말인지 모르겠다는 얼굴로 마당에 멀뚱히 서 있었지만 여인이 다시 한번 소리치자 그것이 미움을 사고 있다는 사실을 깨닫고는 슬금슬금 뒤로 물러났다.

농부한의 아내는 몸뚱어리뿐인 남편을 끌어안고 꺼이꺼이 통곡했다. 수모가 산에 들어갈 동안에도 그 울음소리는 언제까지고 마을에 울려 퍼지고 있었다.

〔 **5** 〕

그날 이후로 수모를 입에 올리는 사람은 아무도 없
었다. 호랑이도 제 말 하면 온다고 믿었기 때문이다.
농부한의 아내는 한순간 과부가 되었고, 마을 사람들
은 그를 딱하게 여기면서도 은근히 업신여기는 눈초리
로 남은 아이들을 바라봤다.

죽은 남편을 대신해 스스로 돈을 벌어야 했다. 하지
만 그 시대에 여자가, 그것도 과부가 할만한 일은 그리
많지 않았다. 기껏해야 남의 집에서 품을 팔며 근근이
요기할 정도였다. 그마저도 굶는 날이 많아 아이들은
하루가 멀다고 울어 젖혔다. 죽은 아비를 그리워하고
배고픈 탓을 어미에게 돌렸다.

해가 채 지나기도 전에 쌀이 동났다. 창고는 비고 농사짓던 땅마저 몽땅 팔아버렸다. 세금 낼 날만 다가오면 속이 메슥거리고 하루에도 몇 번씩 죽음이 생각났다. 그때마다 여인은 아이들을 보고 버텼다. 아이들이 클 때까지만, 썩은 싹이라도 스스로 찾아 먹을 수 있을 정도가 될 때까지만 견디자 싶었다.

마음을 독하게 먹었다. 과부라고 무시해도 웃고, 부당한 처우에도 결코 불만을 표출하지 않았다. 아이들이 칭얼대면 필요 이상으로 꾸짖었다. 아비 없는 자식이라고 손가락질받지 않도록 사소한 예의라도 엄하게 가르쳤다.

세월은 빠르게 흘러갔다. 강산은 몇 번이나 모습을 바꿨지만 삶은 좀처럼 나아지지 않았다. 오히려 더 궁핍해져 갔다. 권문세족의 횡포는 날이 갈수록 흉포해지고, 거듭되는 가뭄은 농민들을 말려 죽였다. 여기저기서 노략질이 기승을 부렸다. 길거리에는 아사한 시체들이 무더기로 늘어났다. 그럼에도 여인은 악착같이 살아남아 자식 넷을 무사히 길러냈다. 아들 둘을 출가시키고, 공녀가 되기 전에 막내딸을 시집보냈다.

지금은 다 늙어서 장남 내외와 같이 살고 있다. 젊을 적에 다친 무릎이 말썽이라 다른 일은 돕지 못하고 겨우 집안일만 조금씩 거들어주고 있다. 손주가 벌써 여섯인데다 먹을 것만 축내는 어미 때문에 장남만 죽어 나가는 것 같아서 이만저만 눈치 보이는 게 아니지만, 달리 방법이 없었다. 일찍 남편을 여의고 온갖 수모를 다 견디며 아등바등 살아온 자신의 지난 세월에 비하면 솔직히 더 힘들 것도 없지 않냐는 생각이었다. 농담 삼아 이만 죽어야지 말은 하지만 못해도 손주들 장가 가는 모습은 다 지켜보고 싶었다. 이런 게 노욕인가 싶어 농부한의 아내는 새아기 몰래 몇 번이나 웃음을 참았는지 모른다.

그 흉흉한 소문이 돌기 시작한 것은 이제 막 처서가 지난 때로, 밤부터 쌀쌀해져 슬슬 겨울 이불을 꺼낼까 싶을 때였다.

"어머니 들으셨어요? 앞집 서상댁이요. 그 집 어매가 사라졌대요, 글쎄."

툇마루에 앉아 어린 손주에게 젖을 물리며 새아기가 말했다.

"시장 사람들이 그러는데요. 이 뒷산에 요상한 생물이 살고 있대요. 고것이 노인들을 홀려서 휙 하고 잡아간대요."

엄중한 얘기라도 들려주듯 새아기가 짐짓 목소리를

낮추고 말했지만 농부한의 아내는 그저 건성으로 흘려듣고 말았다. 어린 처자라면 몰라도 다 늙어빠진 노인들만 골라잡아갈 생물이 세상에 어디 있으랴. 우스갯소리일 뿐이다. 그렇게 생각하고 말았다.

하지만 실종된 노인의 수가 벌써 열댓 명이 넘어가다 보니 마을에서도 그냥 두고 볼 수만은 없었다. 청년들이 모여 산을 수색하기도 하고, 제 부모가 잠든 방을 걸어 잠가 생물이 접근하지 못하도록 조치했다. 걱정되기는 장남도 마찬가지인지 어느 날 밥상머리 앞에서 조심스레 말을 꺼냈다.

"그러니까 어머니도 함부로 밖에 쏘다니지 마세요. 밤에 뒷간에 가고 싶거들랑 필히 요강에다 보시고."

"예끼! 너까지 그 소리냐. 그냥 헛소문일 뿐이다. 어디 산에서 길이라도 잃은 모양이지."

"사라진 노인이 벌써 스물이 넘어요. 대충 넘어갈 문제가 아니란 말이에요. 촌장님이 그러시던데요, 뒷산에서 요상한 걸 봤다는 사람이 많대요. 허옇고 커다란 것이 재바르기도 엄청 재바르다던데……. 그것이 또 사람 흉내를 잘 내서 노인들을 홀린다는 모양이에요."

"저기, 그래서 말인데요……." 하고 장남은 한껏 진지한 얼굴로 말을 이었다.

"혹시 그 녀석 짓이 아닐까요? 하는 짓이며, 생김새
며, 딱 그놈 짓인 것 같은데……."

"예끼, 이놈!"

노파는 깜짝 놀라 소리쳤다.

"말이 씨가 되는 법이니라. 그저 하찮은 소문일 뿐이
니 너도 어디 가서 함부로 입 놀리지 말거라."

그제야 장남은 거북하다는 듯이 입을 닫았다. 수모
가 이제껏 살아 있다니, 사람을 해치다니, 말도 안 된다
고 생각했다.

하지만 그날 이후로도 노인들은 계속해서 사라졌다.
그 시신을 찾지 못해 장례도 치르지 못한 집이 허다했
다. 노인들은 겁을 먹고 집 밖에 나서지 못하고, 자식
들은 오매불망 제 부모가 돌아오기만을 기다렸다. 일
이 손에 잡히지 않았다. 마을 전체가 근심에 휩싸였다.

그러는 동안에도 나라에서는 꼬박꼬박 세금을 걷어
갔다. 논밭이 흉작이든 말든, 사람이 죽어 나가든 말든
잔인하리만치 뜯어갔다. 하루건너 하루 먹는 생활이
이어졌다. 그나마 입이 적은 집은 덜했지만 식솔이 많
은 집은 입에 풀칠하기도 어려웠다. 그래서 항간에는
늙은 부모만 골라잡아가는 것이 짐승이 아니라 하늘이
라는 얘기도 있었다. 자식들이라도 먹고살게 해주려고

일부러 그랬다는 것이다. 하지만 천지가 노할 그런 망발을 직접 입에 올리는 사람은 아무도 없었다.

농부한의 집도 마찬가지였다. 자식들은 쑥쑥 자라 먹는 양이 늘었지만 늙은 어미는 아플 줄도 모르고 건강하기만 했다. 장남 혼자서 죽어 나갈 판이었다. 그래도 일을 한 만큼 수확이 좋으면 낫겠지만, 나날이 늘어가는 고리대금을 갚아나가기에도 버거운 상황이었다. 시장 일도 예전 같지 않았다. 벌써 몇 해째 흉년이 계속되다 보니 시장에 활기는 줄고, 가축들이 떼로 폐사하여 썩은 고기만 불티나게 팔려나갔다. 분탕이 일상인 세상이었다.

"우리도 슬슬 하지 않으면 안 되겠어."

어느 날 장남이 새아기와 그런 말을 주고받았다. 한다는 게 정확히 무얼 뜻하는지는 알 수 없었지만, 어미 몰래 수군대는 것으로 보아 둘이서 뭔가 꿍꿍이속이 있는 것 같았다.

그로부터 며칠 뒤, 저녁 밥상에 한가득 고기가 올라왔다. 오래된 고기인지 살짝 쉰내가 나긴 했지만 먹지 못할 정도는 아니었다. 자식들이 정신없이 달려들자 장남은 엄한 목소리로 꾸짖고는 가장 살점이 많은 부위를 어미 밥그릇 위에다 올려주었다.

"이게 다 어디서 난 것이냐."

"헐값에 나왔길래 좀 사 와봤어요."

"네가 돈이 어딨어서?"

장남은 대답하지 못했다.

"훔친 게냐?"

"어머니도 참. 그런 거 아니니 안심하고 어여 잡수
세요."

꺼림칙했지만 아들이 하도 권하니 하는 수 없이 숟
가락을 들었다. 몇 년 만에 맛본 고기는 정말 달고 맛
있었다.

그날 밤, 배가 채 꺼지기도 전에 장남이 밖으로 불
러냈다. 잠깐 산책이라도 다녀오자는 말이었다. 밤도
늦었고 무릎이 아파 못 걷겠다고 하니 그럼 자신이 직
접 업고 가겠다고 했다. 뭔가 할 말이 있어 보였다. 말
잘 듣는 아들이 저리도 고집부리는 걸 보면 보통 일은
아니겠다 싶어서 노파는 잠자코 길을 따라나섰다.

자식 등에 업힌 채로 한참을 걸어갔다. 장남은 어디
에 간다는 말도 해주지 않고 부지런히 다리를 움직였
다. 깜깜한 산길을 오를 때는 무서워서 저절로 팔에 힘
이 들어갔다. 무겁지 않냐는 물음에도, 그래서 어미에
게 하고 싶은 말이 무어냐는 물음에도 장남은 대답하

지 않았다. 묵묵히 다리만 움직일 뿐이었다.

이윽고 산머리 근처까지 다다르자 장남은 그제야 어미를 바닥에 내려놓았다. 어느 시커먼 동굴 앞이었다. 구름에 가려 달은 보이지 않고 멀리서 벌레 우는 소리만 찌르르르 들려오고 있었다.

"어머니, 여기 잠깐만 계세요. 아래에 잠깐 다녀올게요."

장남이 이마에 맺힌 땀도 닦지 않고 그리 말했다.

"어딜 간다는 게냐?"

"어머니께 보여드릴 게 있어요."

"아서라. 이 야밤에 어딜 간다는 게냐. 다음 날 봐도 되니 이만 같이 내려가자꾸나."

"아니요, 어머니. 꼭 오늘 보셔야 해요. 금방이면 돼요. 얼른 다녀올게요."

일어나려는 어미를 한사코 말리며 장남은 뒤로 물러났다. 깡마른 어깨가 파르르 떨리고 있었다. 달빛이 어두워 표정은 보이지 않았다.

"얘야, 이리 좀 와보거라."

서둘러 길을 내려가는 아들을 불러세워 어미는 소맷자락으로 자식의 이마를 꼼꼼히 닦아주었다.

"감기 걸릴라. 조심해라."

장남은 대답 대신 고개를 끄덕였다. 그러곤 뭐가 그리

바쁜지 어둑한 산길을 성큼성큼 뛰어갔다.

혼자 남은 산에서 노파는 가만히 발가락을 꼼지락 거렸다. 금방 돌아올 줄 알고 버선도 신지 않았다. 가을바람은 찼다. 밤은 길었다. 아들은 돌아오지 않았다.

앉은 채로 무릎을 끌어안았다. 오들오들 몸이 떨려 왔다. 무릎이 성치 않아 제 발로 산길을 내려갈 수도 없었다. 그제야 노파는 자신이 버림받았다는 사실을 깨달았다. 슬펐다. 그러나 원망진 않았다. 오죽했으면 그랬을까. 진작 눈치채지 못한 내 잘못이다. 괜한 노욕을 부려 자식을 힘들게 했다. 내 탓이다. 그렇게 생각했다.

가만히 앉아 죽음을 기다렸다. 마침내 온몸이 얼어 붙고 손발가락에 하나둘씩 감각이 사라졌다. 눈앞은 부옇고 머릿속은 깜했다. 내뱉는 숨에 조금씩 명이 섞여 나오는 것 같았다.

이대로 죽는 구나. 그렇게 생각한 순간, 등 뒤로 어떤 기척이 느껴졌다. 동굴에서 뭔가 걸어 나왔다. 조심 조심 뒤를 돌아보자 놀랍게도 그곳에는 수모가 서 있었다. 하얀 털에 진홍색 얼굴, 날카로운 발톱에 샛노란 눈알까지, 분명 수모가 맞았다. 수모가 거기 있었다.

"네, 네가 여길 어떻게⋯⋯."

말을 함과 동시에 구름이 걷히며 달빛이 내려왔다. 동굴 어귀에 아무렇게나 버려져 있던 수많은 지게가 시퍼런 빛을 받고 눈에 들어왔다. 그제야 노파는 이곳이 실종된 노인들의 무덤이었음을 깨달았다. 자식들이 부모를 지고 올라와 이곳에 모두 버린 것이다.

"여기 있던 사람들은 어찌했느냐. 정녕 네가 잡아먹은 것이냐."

나무라듯 물어보는 노파의 말에 수모는 가만히 고개를 기울였다. 그러고는 자신을 알아보는 것 같기도 하고 아닌 것 같기도 한 모호한 얼굴로 천천히 입을 열었다.

"남이야, 개암아, 이리 내려오너라. 다친다. 다친다."

수모의 입에서 나온 말은 뜻밖에도 한 노옹의 목소리였다. 노파는 수모가 먹은 짐승의 말소리를 흉내 낸다는 사실을 떠올렸다. 그러나 그것은 좀체 믿기 힘든 일이었다. 그 겁 많던 녀석이, 어떻게 사람을.

다음 순간, 노파는 오래전 자신이 했던 말 하나가 생각났다. 그것은 죽은 남편이 닭을 가지고 놀던 아이들을 따끔하게 다그치고 있을 때 했던 말이었다.

— 그런다고 죽은 것이 살아 돌아오는 것도 아니고, 음식을 버리면 천벌 받으니 상하기 전에 얼른 먹어 치

우는 게 좋겠어요.

혹시 수모는 이곳에서 죽은 노인들을 잡아먹은 것이 아닐까. 점차 썩어가는 시신을 두고 볼 수 없어 먹은 것이 아닐까. 천벌 받지 않으려고. 사람들에게 미움받지 않으려고.

그리고 보면 그때, 마을 사람들이 호미를 들고 수모를 에워싸고 있을 때, 정작 수모는 자신이 왜 미움받고 있는지 모르는 눈치였다. 자신은 그저 걷지 못하게 된 주인을 입에 물고 왔을 뿐이니까. 혹시 그때 수모는 이렇게 생각하지 않았을까. 죽은 것을 먹지 않고 놔둔 탓에 혼나는 거라고.

"그랬구나. 그래서 그렇게 슬픈 얼굴을 했었구나. 그런 줄도 모르고 나는 너를 원망했다. 미안하구나. 참말로 미안해."

가슴안에 응어리져 있던 감정이 한꺼번에 노파를 덮쳐왔다. 지난 원망은 나이가 듦에 따라 점차 퇴색되어갔지만, 마음 한편에는 여전히 죄 없는 아이에게 매질을 한 듯한 자괴감이 묵은 손때처럼 오랫동안 남아 있던 것이다.

그러나 뜨거워진 가슴과는 달리 정신은 무서우리만치 차게 식어갔다. 죽음이 턱밑까지 쫓아왔다. 노파는 그것을 알 수 있었다.

희미해져가는 의식 속에서 노파는 마지막으로 수모에게 당부했다.

"얘야, 이곳에 있으면 사람들에게 미움을 사니 저 멀리 남으로 내려가 실거라. 사람 없는 곳에 가서 기척을 숨기고 꽁꽁 숨어 살도록 해라. 그리고 내가 죽거든 내 몸을 먹거라. 절대 자식들이 찾지 못하도록 남김없이 먹어 치우거라. 부탁하마."

"남이야, 이것 좀 보거라. 병사리다. 달구가 새끼를 낳았다."

노파의 마음을 아는지 모르는지 수모는 계속해서 그런 알아먹지 못할 말만 늘어놓았다.

잠시 후, 수모는 노파의 말대로 했다. 숨이 끊긴 노파의 팔다리를 뜯고 천 채로 몸을 삼켰다. 뼈는 귀한 것이니 남김없이 씹어먹었다.

그 이후 마을에서 수모를 보았다는 사람은 나타나지 않았다. 훗날 먼 지방에서 허연 털을 가진 짐승이 목격됐다는 소문이 돌기도 했지만, 그것이 수모인지 아닌지는 확실히 밝혀지지 않았다.

〈끝〉

작가의 말

지난 2017년 7월 14일 금요일, MBC 라디오 〈라디오 디톡스 백영옥입니다〉에서는 소설가를 꿈꾸는 한 청년의 사연이 소개되었다. 그해 스무일곱 살이 됐다는 청년은 아무리 노력해도 늘지 않는 자신의 실력을 탓하며 이대로 현실을 받아들여야 할지에 대해 진지하게 고민하는 듯했다. 그때까지 마음에 든 단편소설 하나 완성하지 못한 청년은 일본의 유명 소설가 미치오 슈스케를 동경하여 늘 그의 작품과 자신의 글을 비교하며 절망에 빠졌다고 한다. 소설을 써본 적도 없고 배워본 적도 없기에, 그의 작품을 곧 작법서로 여기며 몇 번이고 다시 읽고 필사하고 또 필사하여 문장의 리

듬감과 사물을 바라보는 자세를 익혔다고 한다.

그럼에도 좀체 갈피를 잡지 못하던 청년은 2020년 1월이 되어서야 겨우 단편소설 하나를 완성하는데, 이 누이 루카의 《여름빛》에서 영감을 얻고 미치오 슈스케의 《술래의 발소리》를 흉내 내어 쓴 이 작품은 훗날 한 공모전에 당선되며 뒤늦게 세상에 소개될 수 있었다. 그 작품이 바로 〈흰살생선〉이다.

늘 자신만의 이야기를 가지고 싶어 했다. 울림 있고 개성 있는 이야기를 갖고 싶어 했다. 이미 저만치 앞서 걷는 그들처럼, 결말을 알고 봐도 재미있는 이야기를 쓰고 싶어 했다. 그렇게 되기 위해 무던히 노력했다. 하지만 청년은 늘 따라가는 사람이었고 흉내 내는 사람이었다. 결코 주도자가 아니었다.

어쩌면 이 단편집은 마침내 청년이 나만의 것을 써도 되겠다고 생각한 시발점일지도 모르겠다. 늘 흉내만 내던 사람에서 나만의, 나만이 쓸 수 있는, 나만의 오리지널리티를 가져도 되겠다고 아주 조금 용기 내볼 수 있는 작품일지도 모르겠다. 지금까지 포기하지 않고 버텨주어서 정말 고맙고 다행이라고 생각한다.

이 책 안에 담긴 그간의 노력과 정성, 시간과 성장, 불안과 고통, 절망과 좌절, 우울과 고독, 기대와 희망,

안도와 바람은 물론, 동경하는 작가에 대한 헌사와 늘 응원을 아끼지 않던 소중한 사람들에 대한 고마움이, 앞으로 이 청년이 더 많은 작품을 써낼 수 있도록 하는 발판이 되기를 진심으로 바라 마지않는다.

읽어주신 여러분 깁시합니다.

더 겸손히 쓰도록 하겠습니다.

2025년 설을 앞두고

반고훈

무한살인

초판 1쇄 발행 2025년 2월 12일

지은이 반고훈
펴낸이 나성채
디자인 김선예, 이수정
마케팅 박동준

발행처 오러 orror
등록 2023년 4월 26일 (제2023-000003호)
주소 32134 충청남도 태안군
        태안읍 원이로 302, 204동 205호
전화 02.324.3945-6 **팩스** 02.324.3947
이메일 orrorpub@gmail.com

ISBN 979.11.93984.10.9 04810
        979.11.983254.0.2 04810 (세트)